청개구리의
소원

청개구리의
소원

한 호 철

지식과교양

작가의 말

동화는 초등학교 다닐 때 교과서에 나오는 이야기라고만 생각했습니다. 다음 세대에게 해주고 싶은 말을 동굴 벽화에 남겼다는 것도 알았습니다. 어린이가 자라면서 항상 변해가고 있다는 뜻입니다. 지금은 변하는 시간도 급격히 짧아지고 있습니다. 그러다가 졸업 후 50년이 지났으니 얼마나 많은 변화가 있었을까 하는 생각이 들었습니다.

그때는 동화책이 귀해서 많이 읽지 못했습니다. 그래서 어른이 된 후에도 늙어서도 가끔 동화를 읽어봅니다. 문득, 동화는 움직이는 대화라고 생각했습니다. 움직이는 동화(童畫), 계속 진화하는 동화(動畫)라는 말입니다.

4

내가 배운 동화는 얼마나 진화되었을까? 그래서 동화(動畵)를 쓰고 싶어졌습니다. 아이들만 보는 것이 아니라, 어른도 같이 읽는 동화라면 얼마나 좋을까? 어른이 먼저 읽으면 더 좋을 것 같은 생각이 들었습니다.

아이들에게 해주고 싶은 말이지만, 말은 곧 잊혀지는 문장이며 책은 다시 만나볼 수 있는 증거입니다. 내 자녀와 손주에게도 해주고 싶은 말이 있어서 과감히 적었습니다.

어린이날 저녁에

2023. 05. 05

5

차례

청개구리의 소원

긴 세월 동안 개구리 말을 연구하다가, 관련 자료 조사차 일시 하산하는 노인이 있었다. 마침 '개굴 개굴 개구글…' 개구리가 청승스럽게 울었다. 지나던 노인이 왜 이렇게 울어대느냐고 물었다. 개구리는 '제가 억울하다고 하소연해도 거들떠보는 사람이 없어서 그래요' 말했다. 노인은 '그래? 지나가는 보통사람들은 사람이고 너는 개구리이니 말이 통하지 않아서 그렇겠지!' 대답하였다.

노인은 잠시 쉬고 싶었다. 그래서 개구리를 불러 '어이! 젊은 개구리' 하고 말을 걸었다. 청개구리도 처음 사람과 대화할 참이라는 생각이 들어 반가워서 '예? 잠시라도 말씀 좀 들어주시겠다고요?' 하면서 다가왔다.

작은 개구리가 우는 것도 그렇지만 아침부터 혼자 울어대는 것이 처량해 보여 '사람은 죽은 사람의 소원도 들어준다는 말도 있다. 그러니 오늘 내가 네 말을 들어 주마' 하면서 말을 띄웠다. 개구리는 감격하여 대뜸 물을 박차고 뛰어올랐다. 노인은 '애야, 그렇게 호들갑 떨지 말고 천천히 천천히…' 말하자, 청개구리는 '알아요. 어르신의 마음을 알아요. 바쁘신데 황금 시간을 배려해주신다니 급하지 않겠어요?' 대답하였다. 그러자 노인은 '녀석도! 죽은 사람보다 먼저 산 사람 소원을 들어봐야지, 그게 사람 사는 순서다' 말했다.

개구리는 사람답게 살아오신 노인을 처음 만났으니 존경하지 않을 수 없었다. 노인은 피부색이 하늘처럼 맑고 싱그러운 녹색을 지닌 개구리를 보고 청개구리라고 불렀다. 보통 개구리보다 덩치가 작아서 아직 커가는 중이라서 청년이라는 별명도 붙여준 셈이다. 노인이 생각해도 청개구리라는 작명이 안성맞춤이었다.

노인은 청개구리를 앉혀놓고 말했다. '그런데 비가 오면 울고 불고 난리 치는 불효자 개구리라는 말이 있다' 말을 붙이자, 청개구리는 '그것을 저도 들었어요. 그래서 억울하다니까요!' 응수하였다. 듣고 보니 모든 사람이 인정하는 청개구리의 죄가 억울하다는 것은 처음이라서 솔깃했다. 노인은 청개구리를 쳐다보면서 '하하하… 그럼 지금 당장 항소를 하거라' 말을 이었다. 그러자 청개구리는 지금까지 마음에 담았던 앙금을 털어놓고 하소연하였다.

　저는 어머니 살아생전에 어머님의 말씀을 절대 듣지 않아서 불효자였대요. 제 판단에는 저도 남들처럼 평범한 삶을 살아왔거든요. 항상 듣지 않은 것이 아니라 어쩌다 한 번쯤은 기분이 나빠서 듣지 않았으며, 어떤 때는 다른 요구를 들어달라며 반대로 삐딱하게 굴기도 하거든요. 남들처럼요. 그러다가 어머님이 위독하셔서 돌아가실 때 제게 유언을 하시게 된 것입니다. '얘야, 내가 죽거든 산 위에 묻지 말고 물가에 묻어라!' 라는 말씀이었어요. 그래서 제 딴에는 어머님 말씀을 따르지 않고 가끔 반대 행동했던 것을 후회했지만, 한 가지뿐인 유언을 반드

시 이루어 드리겠다고 맹세했습니다.

　노인은 청개구리의 말을 들으면서 속마음을 알 듯 모를 듯, 감을 잡을 수 없었다. '그래서 물가에 묻었다고 하는 말이냐 화장해서 뿌렸다는 말이냐?' 물었더니, 청개구리는 기다렸다는 듯 큰 숨을 들이마신 후 대답하였다.

　그것은 제 소견으로 어머님께서 아마 '반대'로 말씀하신 것이라고 생각됩니다. 다른 말씀 없이 유언이라고 당부하지도 않으셨는데 재산이 없으니 유언으로 남기신 말씀이라고 믿었습니다. 그래서 어머님이 돌아가신 후 행동을 옮기려다 생각해보니, 유언을 따르는 것이 자식도리라고 생각되었습니다. 그러나 물가에 무덤을 두겠다고 다짐하였으나, 물가에 묻으면 두고두고 후회할 것 같아서 실행하기에 망설였습니다.

저는 어머니 시신을 나뭇잎으로 덮어 모시고, 산 위로 올라갔습니다. 키도 작고 힘도 약하고, 지게도 없이 그냥 끌고 가는 것 외에는 다른 도리가 없었습니다. 하늘이 도왔는지 날씨가 좋고 방해할 개구리도 없었습니다. 어머니만 생각하면서 그저 한걸음 걷다가 쉬고 또 걷다가 쉬면서 올라갔습니다.

말을 들으신 노인은 청개구리의 마음을 헤아리면서 측은한 생각이 들었다. '그렇게 시작되었구나!' 하면서 위로를 전했다.

그런데요, 정말 힘들었습니다. 첫 마음은 굳건하게 먹었지만 정작 오르고 보니 험난한 길이었습니다. 혼자라면 그저 '펄떡' 뛰어오르고 싶었는데 그것이 쉽지 않았습니다. 산꼭대기까지 올라가 본 기억도 없이, 한눈에 들어오는 산이 얼마나 높은지도 몰랐습니다. 오로지 어머니를 기쁘게 만들어드리려고 출발한 것입니다. 오르다 힘들면 쉬고, 헉헉거리던 숨이 턱에 닿으면 어머니를 내려놓고 쉬기도 하였습니다.

그 순간 바람이 휙 불어와서 어머니는 저 고향까지 곤두박질을 쳤습니다. 아무리 조심한다고 다짐했지만 내 생각대로 돌아가는 세상일이 없다는 것을 깨달았습니다. 다시 밑에서부터 출발한 것이 한두 번 아닙니다. 그럴 때 도와줄 개구리가 그리웠고 최소한 응원이라도 해주는 친구가 나타나기를 간절히 기원

했습니다. 울면서 눈물을 훔치는 것이 하루 이틀을 지나 훌쩍
한 달을 넘어갔습니다.

　차라리 어머니 말씀대로 물가에 묻어드리는 것이 정답인가
하는 생각도 들었지만, 그것은 아닙니다. 어머님 말씀을 거역
했다고 욕을 먹더라도 해야 할 도리를 따져, 산에 오르는 결론
을 냈던 것입니다. 좋은 계절을 지나 장마철이 되었습니다.

　그때 한줄기 시원한 바람이 불어왔다. 노인은 부채를 펴서
한바탕 맞바람을 휘몰아 내쳤다. 부챗살에 얻어맞은 파리를 개
구리에게 보내면서 '옜다! 이거라도 먹고 힘내라!' 말씀하셨다.
파리가 개구리 앞에 떨어지자 냉큼 물었다. 개구리는 작은 몸
집에 비해 기다란 혀를 내밀어 감쪽같이 낚아채는 기술을 발휘
하였다.

　'하하하, 정말 귀신같은 재주도 있구나!' 청개구리가 불쌍해

지자 힘을 북돋우어야겠다는
생각이 들자 없는 말도 만들
어내기까지 했다.

　'아니에요, 저는 귀신같이
가진 재주가 없어요. 그저 개
구리의 천생대로 먹고사는 미
물입니다' 라며 진솔하게 답

변하였다. 노인은 생각해보니 청개구리가 진실처럼 느껴졌다. 지금까지는 청개구리의 말을 들은 듯 흘린 듯 넘기고 있었는데 지금부터라도 진지하게 공감해보자고 다가앉았다. '청년아! 힘들었겠구나. 올라가는 근육도, 바짝 말라버린 피부도, 거기다가 보여줄 수도 없는 마음까지 정말 힘들었을 거라고 믿는다' 격려했다. 청개구리는 생전 처음 만나는 사람과 진심이라는 것을 나눈다는 것이 정말 반갑고 고마웠다. 그러나 스스로 내놓고 자랑하지 않으면서 '나무라지 않으시고 들어주신다는 것만 해도 저에게는 영광입니다' 공손히 말씀드렸다. 이 말을 들은 노인이 거들었다. '그래! 장마철을 어떻게 겪었을지 궁금하구나.'

장마가 시작되자 겁이 났어요. 빨리 올라가야겠다는 마음만 조급해서요. 그래서 부지런히 올라가는데 빗방울이 떨어지자 어머니를 부여잡고 엉엉 울었어요. 제가 할 수 있는 방법이 없어서 나무 아래로 숨었습니다. 나뭇잎에 빗방울이 뭉치자 큰 물방울을 만들어 놓았다가 제 머리 위에 떨어졌습니다. 저에게는 물 폭탄이었습니다. 이리저리 피하다가 몇 방을 맞고 중심을 잃어버렸습니다.

결국 어머님을 부여안고 굴렀습니다. 제가 부서지는 한이 있더라도 어머니를 잃어버릴 수 없어서 같이 떨어졌습니다. 다시

고향 물가에 닿고 정신을 차릴 수 있었습니다. 마음대로 기어 갈 수도 없고, 어머님을 놓고 구렁텅이에서 헤어 나오지도 못 했습니다. 허우적거릴수록 깊은 물 속에 빠져 죽을 것 같았습니다. 그러다가 제가 죽으면 누가 해결할 것인가요? 제가 먼저 살아나서 정신 차린 후 다시 어머니를 찾아보자는 것이 순서라고 생각했거든요.

노인은 청개구리의 사연을 듣자 우울한 슬픔이 내렸다. '아! 그랬었구나!' 말하며 청개구리의 눈치를 살펴보았다. 개구리도 '잘못했지만 정말 열심히 했어요. 할 수 있는 최선의 방법을 찾아보았어요.' 대답하였다. 노인은 '그래도 항상 후회하는 것이 생활이란다. 누구든지 만족하는 삶을 살아가는 사람도 없어' 하며 다시 낙심하지 말라며 응원하는 말을 전했다.

그래서 제가 빠졌던 장소를 찾아가서 다시 울었습니다. 어머니를 부르며 여기저기 파보았습니다. 그러나 쏟아지는 빗방울을 처리하지 못했고, 어머님 시신 위로 흙더미가 엎치고 덮쳤습니다.

노인은 '청년! 그만. 멈춰라!' 말했다. 그 정도 들었으면 알아들었고, 네 마음을 알겠다는 말이었다. 청개구리는 '어르신! 들어주셔서 감사합니다. 이해해주셔서 감사합니다' 하면서 넙죽 큰절을 올렸다. 노인은 흡족하여 '그런데 네가 오늘 하고 싶은 말이 뭐였더라?' 넌지시 다시 물었다. 개구리는 기다렸다는 듯 '저는 어머니 건으로 할 말이 없습니다. 그런데 다른 청개구리들이 모조리 불효자라는 이름을 안고 살아가게 되는 것이 억울하다는 말입니다' 라며 호소하였다.

노인은 큰 인심을 썼다. '그러면 청년 청개구리의 공을 인정하여 친구들이 도맷값으로 넘어가는 불명예를 면제하겠다' 말을 했다. 청년은 감격하여 '헤아려주셔서 감사합니다' 말하면서 '언감생심! 또 다른 청이 있습니다' 말을 올렸다.

노인은 '억울하면 항소하라고 했잖아!' 하며 변죽을 올렸다. 청년 개구리는 '항소를 올리는 순간이 바로 이때입니다' 말하자, 노인은 '무슨 일이냐? 다시 소장을 제출하라니까!' 말했다.

그것은 정말 억울하다는 말씀입니다. 사람들이 저를 우물 안의 개구리라고 부르시지요. 저는 우물에서 자란 개구리가 아닙니다. 산 위에서 어머니를 부여안고 곤두박질을 쳤어도 위험한 고비를 넘어 지난 일을 회상

하였습니다.

올챙이 적을 잊고 처음부터 개구리가 되었다고 믿은 어리석은 개구리도 아닙니다. 나이가 적더라도 산전수전을 다 겪어본 당사자입니다. 그러다가 깨닫고 뉘우치면서 자란 개구리입니다.

저로 인해서 다른 청개구리가 불효자로 낙인찍혔다는 것도 억울합니다. 청개구리만 그런 것이 아니라 모든 개구리는 비가 오면 바로 울잖아요. 그것도 봄철에만 울어요. 장마철부터는 울지 않습니다. 그때 어머니를 찾지 못한 죄를 뉘우치다가 제사가 생각나서 더는 울지 않겠다고 맹세하였습니다. 제가 모든 개구리의 대표로 뽑힌 것도 아닌데, 왜 이렇게 매도하는지 그것이 억울한 것입니다.

저는 비가 오지 않아도 어머니가 생각나면 속죄에 웁니다. '개굴개굴' 하면서 조용히 웁니다. 개구리들도 모두 그렇게 웁니다. 개구리의 생리도 모르면서 개구리의 효심을 모르면서, 마치 사람들이 모든 세상일을 다 아는 것처럼 힐난하다니 참으로 안타깝습니다. 이런 경우가 있습니까? 어불성설 아닙니까?

노인은 듣다가 한마디 더했다. '그렇지, 그렇구나! 그런데 확인해보니 시대는 항상 변하더라' 했다. 청년은 궁금하여 물었다. '항상 변한다는 말씀이 무슨 뜻인가요?', '하하하, 너는 청년이라서 노인이 이야기하는 것을 잘 모를 거야!' 말을 들은 개구리는 '저는 몰라서 묻는 것입니다' 말했다. 노인은 '정말 궁금한 것도 많은 청년이구나. 그래서 청년은 항상 변하고 있다는 말이야' 부드럽게 말을 했다.

청개구리는 오늘 정말 좋은 분을 만났다는 일기를 쓸 만하다고 생각되었다. 오늘이 바로 청개구리의 체면을 위하여, 모든 개구리의 불명예를 회복시킬 수 있는 기회라고 믿었다. 그리고 이런 기회가 항상 오는 것이 아니라는 것도 알았다. 항상 준비하고 계속 노력하다 보면 지나던 현자를 만날 기회가 주어진다는 진리를 터득한 날이었다.

'개굴 개굴 개굴…' 청개구리는 넙죽 절을 하면서 '귀한 시간을 내주셔서 감사드립니다. 제 말을 들어주셔서 감사드립니다. 한글 테스트 한. 글. 발. 음. 연. 습. 감사드릴 기회를 주셔서 감사드립니다. 만수무강하시길 빕니다' 라는 말을 올렸다.

거위의 꿈

거위가 뒤뚱뒤뚱 걸어 다녔다. 몸무게도 제법 무겁고 몸집도 크고, 게다가 유난히 다리가 짧아서 걷는 모습은 볼품도 없다. 친구들도 모두 그렇고, 같은 주인에게 의지하고 살아온 닭도, 그렇고 그런 모습이었다.

거위는 그나마 목이 길어서 그래도 닭보다 멀리 본다고 뽐내면서 살고 있다. 가끔 하늘을 날아가는 비슷한 새를 보면 나도 언젠가는 날고 싶다고 말했다. 어느 누구도 보아주지 않아서 '내가 여기 있다' 하면서 날아가는 새를 불렀다. 그러나 대답을 듣기 전에 줄지어 지나갔다. 거들떠보지도 않고 날아가 버려서. 무시를 당한 거위는 슬펐다. 모양도 닮았고 긴 목도 닮았는데 '나만 이렇게 내버렸을까!' 신세타령을 하고 말았다. '친구들도 하얀 깃을 가졌는데 나는 점 하나를 가졌다고 버림을 받았을까?' 하는 생각이 들었다. 그래서 거위는 땅에 걷다가 물이 있으면 점을 빼고 싶다며 뒹굴었다. 먹는 것도 하얀 것을 좋아했다. 점이 빠진다면 무슨 일이든지 하겠다는 각오로 살았다.

오늘도 다짐하면서 '어디 물이 없나?' 찾아다니면서 어슬렁거렸다. 마당은 좁다며 활개를 쳤다. 그러자 무언가 휩쓸려 굴러다녔다. '이게 뭐야?' 하면서 쫓아가서 냉큼 쪼아 먹었다. 거위도 닭도 물어 씹어보고 먹을 수 있는 것만 골라 먹었지만, 굴러가는 하얀 것을 놓치지 않고 싶어서 대뜸 삼켜버렸다.

마침 낯이 생소한 노인이 들어왔다. 거위는 전에 보았던 사람인지 주춤하였으나 도무지 생각이 나지 않아서 '누구요?' 하고 물었다. 노인은 '하하하, 땅 위의 백조로구나! 나는 길손이라

처음 보는 마을이다' 대답하였다. 말을 듣자 거위는 백조라는 말도 처음 듣는 것과 처음 보는 마을이라고 대답한 손님과 비슷한 처지라는 생각이 들자 부드럽게 말했다.

노인은 마당에 들어오다가 보았던 거위에게 물어 보았다. '방금 먹었던 것이 무엇이냐?' 들은 거위는 객이 따지다 보니 기분이 나빠져서 통명스럽게 대답하였다. '무슨 상관이요? 내가 먹든 싸든…' 노인은 거위의 기분을 알아채고 달래기 시작하였다. '상관하는 것이 아니라 나도 지금 먹어야 할 시간이라 궁금했다.' 거위는 다시 눈길을 보이지 않으면서 '먹는 것은 나에게 묻지 말고 주인장에게 물으시오!' 대답하였다. 객은 그런 말을 듣자 제법 똑똑한 명물이라는 생각이 들었다.

노인은 거위가 시킨 대로 주인장을 불렀다. 주인은 노인을 보고 달갑지 않게 대하였다. '뉘시오?' 묻자 길손은 '예, 길 가는 중인데 하룻밤을 묵고 싶어서 왔습니다'라고 공손하게 대답하였다.

주인은 늙은이가 불쌍해 보이자 그러라고 하였다. 그러나 '먹을 것을 줄 수는 없어!' 하면서 혹시 물에 빠진 사람을 구해놓았으니 보따리 찾아내라고 아우성칠까 미리 다짐하였다. 배고픈 노인은 할 수 없이 '그러시지요!' 하면서, 거위를 곁에 묶어 달라고 부탁하였다. 그러자 주인은 혹시 거위를 잡아먹을까 하는 의심이 들자 으름장을 쳤다. '거위에게 깃털 하나라도 건드

리면 끝이오. 알겠소?' 노인도 수긍하면서 대답하였다. '물론이
지요. 오늘 밤 긴 시간을 거위하고 대화하며 지내고 싶어서 그
렇습니다.' 그 말을 듣고 나니 노인에게 먹을 것을 주지 않은 것
이 미안하기도 하였다. 그래서 뒤돌아보지 않고 방으로 들어가
서 슬그머니 동태를 살펴보았다. 손은 모른 척하면서 '거위야
오늘 밤은 내 곁에서 같이 지내자!' 말을 걸었다.

거위는 매일 자유롭게 돌아다녔는데 오늘 밤은 왜 이렇게 묶
였는지, 매인 몸이라 슬펐다. 그래서 거위는 큰소리로 '꺼이! 꺼
이!' 울었다. 큰 몸집에 목도 길어서 우렁찬 소리를 냈다. '나는
이 집의 지킴이다! 꺼이 꺼이!'

주인장은 노인에게 믿음이 가지 않아서 가끔 밖을 내다보았
다. 거위가 울면 그럼 그렇지 잡아먹어서 그렇구나 하는 생각
이 들자 힐끔 쳐다보았다. 뜬눈으로 밤을 새자 '방 정리나 해

보자' 하면서 노인을 의심하는 보물을 찾아보았다. 그러나 찾지 못하자 즉시 노인을 불러 다그쳤다. '여봐. 훔친 보물을 당장 내놔!' 그러자 노인은 준비하고 있다는 듯 조용히 대답하였다. '예? 불렀어요?' 주인은 마음이 바빠서 함부로 대하였다. '뭐라고? 내가 당신을 불러? 보물을 내놓으라고 말했잖아!' 노인은 또 모르는 척하며 뜸들이다가 말했다. '보물이라니, 어떤 것인지도 모르고 나는 방에 들어간 적도 없어요!' 말을 하자 주인은 화가 났다. '그러니까 내가 잠도 안 자고 지켰는데 당신은 언제 어떻게 훔쳐갔는지 모르지만 귀신 같구나!' 윽박을 내둘렀다. 길손은 어처구니가 없어 '알았어요. 그러면 거위에게 물어봐요. 밤 중에 같이 지냈으니 거위는 진실을 알잖아요!' 거위를 증인으로 세우고 싶다는 말을 했다. 주인은 '말도 안 되는 소리하고 있네, 그러면 당장 경찰서로 가자!' 하며 겁을 주었다.

불청객은 거위를 쳐다보면서 '거위야 네가 말 좀 잘 해줘라. 너만 믿는다'는 마음을 전달했다. 그러자 거위는 알았다는 듯 '꺼이 꺼이' 대답하였다. 노인은 '거위야, 조금이라도 힘을 내서 참아라' 격려하였다.

주인은 노인이 왜 거위를 부르면서 무슨 말을 하는지 모르겠다고 궁금하였다. '그런데 거위를 왜 끼워 주는 거야?' 라고 성을 냈다. 노인은 '하하하, 간밤에 거위와 이야기 하다가 정이 들었어요. 그래서 경찰서에 가기 전에 같이 지내고 싶어서 그러지요.' 대답하였다.

노인은 거위에게 다시 말을 걸었다. '거위야! 큰 일을 하거라. 아침에 큰일을 보면 다른 일을 순서대로 시작할 수 있단다!' 이 말을 듣자 거위는 무슨 뜻인지는 모르면서 갑자기 '응가'를 했다. '그래 그래, 힘 주고!' 노인은 다시 거위에게 남은 응가를 다 하라고 재촉하였다.

노인은 막대기를 가져다가 응가를 헤쳐 보았다. 거위 똥이 닭똥처럼 물과 함께 섞여 있었다. 무엇인지 발견한 노인은 '여기 있다!' 소리쳤다.

주인은 '거위 똥에 무엇이 있다는 거냐? 있으면 그저 된똥이겠지!' 생각했다. 노인은 샅샅이 살펴보니 단단하면서 하얀 구슬이 보였다. 그러자 '심봤다!'를 외쳤다. 주인은 '미친! 산에서 삼을 보고 외치는 말인데 마당에서 똥을 보고 무슨 말이냐?' 실

성한 것 아니냐는 말로 핀잔을 주었다.

　노인은 기뻐 큰소리를 질렀다. '아니오. 거위가 보물을 낳는 귀한 명물이니 좋지요.' 이 말을 들은 주인은 '심봤다 했으니 산삼을 낳는 거위라고 했다면 이해하겠는데 보물을 낳는 거위라니 정말 한심하다' 면서 관심을 두지도 않았다.

　노인은 주인의 마음과 거위의 마음을 다 알고 있다는 듯 조심스럽게 말을 하였다. '쥔장님이 구슬을 내놓으라고 말했잖아요? 그러나 나는 절대로 훔쳐가지 않았는데 변명해도 들어주지 않았잖아요.' 이 말을 들은 주인은 '그래서?' 다른 얘기하지 말고 본론을 말하라고 하였다. '그래서, 그래서 거위가 똥을 쌀 시간을 주자는 얘기였어요. 경찰서에 가면 구슬을 찾아낼 수도 없고 거위 똥 속에 들어있던 구슬을 다시 찾아낼 방법도 없으니까요.' 설명하자 주인도 대충 사연은 짐작되지만 거위와 무슨 연관이 있었다는 것이 궁금해졌다. '그런데 그런 일을 어떻게 알았는지도 궁금하네요.' 주인은 갑자기 노인에게 겸손해지면서 부드러운 말씨로 물었다.

　거위는 아침 똥을 싸고 나니 기분이 좋아서 '꺼이 꺼이' 소리를 질렀다. 어제저녁 무렵 먹었던 구슬이 소화되지 않자 장염처럼 배가 더부룩했었는데, 똥을 싸니 시원해졌다. 마치 거위가 백조가 되어 하늘을 날아갈 듯 홀가분해졌다.

26

노인은 어제 보았던 거위의 행동을 기억하면서, 오늘 아침 무슨 일이 일어날 것을 짐작하고 있었다. 노인은 성질 급한 주인의 뜻대로, 바로 확인해보자고 한다면 거위를 바로 죽였을 것이라고 믿었다. 처음부터 거위의 마음을 읽고 위로하였다. 아침에 가진 구슬이나 밤에 가진 구슬이나 무슨 차이가 있겠나 생각하면서 거위가 먹었다고 말하지도 않았다. 만약 황금알을 낳는 거위라고 알려지면 즉각 죽을 수밖에 없는 거위 신세라서 서글펐다.

거위는 백조를 생각하다가 앞뒤 확인하지 않고 닥치는 대로 먹은 것을 후회하였다. 마침 노인을 만나지 않아서 벌써 죽었을 수도 있다는 생각을 해보니 노인이 고마웠다. 만약 구슬을 먹고 백조를 따라 날아갔었으면 노인은 경찰서로 잡혀갔을 것

이라는 생각도 들었다. 만난 노인이 고마웠고 묶어놓은 노인이 고마워서 '꺼이 꺼이'를 힘껏 부르면서 날갯짓을 쳤다.

노인은 '알았다, 알았어' 하는 말 대신 묶인 거위 발을 풀어주었다. 거위에게는 백조가 아니더라도 희망을 버리지 말라며 위로하였다. 그러자 거위는 희망을 심어준 노인을 다시 돌아보았다.

옷은 허름하였고 얼굴은 주름이 끼어있지만 온화한 빛이 보였다. 만난 사람 중에 처음 느낀 존경심이 우러나왔다.

아침이 밝기 전 짧은 새벽녘에 살려 주신 감동이 온몸을 감쌌다. 거위는 감격하여 울었다. 그러나 목이 메어 '꺼 꺼 꺼' 소리를 쳤다. 노인은, 세상에 미운털이 있어도 절대로 상관없다고 전달했다. 블랙스완이라는 흑조와 거위가 본 백조가 함께

섞여 살아가는 것이 세상이라는 것을 설명한 후, '거위의 꿈'이
라는 시를 지어주고 돌아섰다. 거위는 대문 밖에 나가 노인이
보이지 않을 때까지 '꺼 이 꺼 이 꺼…' 계속 울었다.

까마귀의 양심

차가운 눈발이 흩날리면 까마귀가 날아다녔다. 여기저기 돌아다니면서 '까악 까악' 소리를 질렀다. 사람들이 시커먼 새를 보면 나쁜 조짐이 있다고 쫓아낸다. 까마귀는 자기를 왜 흉조라고 부르는지 모른다며 참고 살아왔다.

까마귀는 떼를 지어 다닌다. 그중에서 우두머리를 삼아 모시지는 않았다. 그저 되는대로 왔다 갔다 단체 행동을 하였다. 그래서 사람들은 까마귀를 본받을 수 없다고 믿어왔고, 되려 까마귀는 무시하는 사람을 만나면 기분이 나빠지기도 했다.

그래서 내가 '이제 먹을 것도 없는데 왜 이리 돌아다니느냐?'고 물었다. 그러나 까마귀는 들은 척도 하지 않고 우르르 날아서 저 멀리 앉았다. 다시 큰 소리로 '얘들아! 내 말이 들리냐?' 물었다.

작은 까마귀가 깡총 깡총 뛰어와서 '뭐라고요?' 말했다. 내 말을 듣고 다가오는 까마귀를 만나니 내심 기분 좋았다. '어이! 이리와 봐' 다시 날아가지 말라고 다독이며 부드럽게 불렀다. 까마귀는 못 믿겠다는 듯 '왜 그래요?' 퉁명스럽게 대답하였다.

"어디서 왔니?"

"몰라요!"

"언제 왔는데?"

"몰라요!"

"이름은?"

"몰라요!"

"아는 게 뭐냐? 몇 살이냐?"

"한 살요!"

"갓난이구나! 엄마 아빠 좀 오라고 해줄래?…"

까마귀는 소리 없이 푸르릉 날아가 버렸다. 잠시 까마귀 두 마리가 왔다. 나는 내 눈을 의심하면서 '어? 정말 왔구나!' 말했다. 그러자 까마귀는 '그래 무슨 일이오?' 물었다.

"예전부터 사람과 대화하기 싫었잖아?"

"그랬었지. 오라며? 자식 말을 믿어서 왔어!"

"정말, 자식을 믿고 부모를 믿고 사니 부럽구나."

"그걸 말이라고 해? 부모 자식 간에 못 믿으면 누굴 믿고 살아?"

"그래. 나도 부자유친이라고 배웠다."

"우리는 학교가 없어서 그런 말을 배운 적이 없어. 쉬운 말로 하면 다 알아듣고 행동으로 실천해왔어."

"그렇구나! 그럼 부자유친 아니 부모와 자식 간의 사랑과 정성을 보여주는 실례를 들려줄 수 있어?"

"아이, 창피하게! 자랑도 아닌데 들려달라고?…"

까마귀는 별것 아니라면서 그래도 말을 하고 싶은 듯했다.

우리를 60일간이나 품고 정성으로 키워주셨으니 그 마음을 받고 태어났지. 물론 모든 동물도 그러겠지만… 그런데 우리는 연로하신 부모님께 먹을 것을 드렸다는 것부터 효심이 있었다. 부리가 있긴 했어도 힘이 부족하여 뜯어 먹을 수가 없어서 배

고픈 부모님도 계신다. 그 부모님께 뜯고 씹어서 소화하기 쉽도록 조절하여 드리는 것이 효도라고 배웠다. 내가 어릴 때부터 부모님이 해주신 것을 기억하다가, 그대로 갚아드리는 것이 바로 효도라고 생각했다.

"그렇지! 그것을 바로 반포지효라고 부른다."

효도 얘기가 나오자 갑자가 고분해졌다.

"그런 말은 처음이라 금방 잊을 것 같아요!"

"잊어도 돼. 사람들은 까마귀를 상관하지 않고 필요한 대로 행동하니까…"

"정말 그런 것 같아요. 우리를 항상 욕하면서 쫓아내고 총으로 쏴 죽이기도 하고…"

"질서 없는 오합지졸로서 어떻게 살았냐?"

"질서가 뭐예요? 탈 없이 잘 살아요. 시기도 없고 싸움도 없고, 그저 어깨너머로 배운 배려와 겸손만 있으면 돼요."

"정말로?"

"각자 판단해서 처리하지요. 그러다가 남이 먼저 하면 그 다음에 벌어질 것을 미리 예단하는 현명함이 최고죠."

"역시, 한 수 위였구나!"

"이제 알았어요? 성경에 나오는 노아의 배에서 떠난 새가 바로 우리였고, 우리를 보고 판단하여 이제 사람이 살 만한 땅이 되었구나 하고 생각한 것은 노아였지요!"

"어렵군!"

"쉽지요. 다른 동물을 보내니 편하게 먹고 살다 습관이 되어서, 이제 살 만한 땅이 아직은 아니라며 다시 배로 돌아왔잖아요?"

"동물이 나가 보니 아직 물이 빠지지 않아 살 만한 때가 아니라서 돌아왔겠지!"

"내 생각도 그래요. 그런데 우리는 현실을 극복하며 개척하는 근면함과 성실함이 기본입니다."

"그렇구나!"

"레위는 사람이 먹을 것과 동물이 먹을 것을 구분하는 새를 골랐고, 믿을 심부름꾼으로 삼았는데 바로 까만 새입니다."

"고양이에게 생선을 맡기는 것과 같이?"

"믿고 보낼 동물을 골랐으니 배신은 못하죠."

까마귀가 고개를 들면서 부리를 벌렸다. 햇빛을 받아 까만 비단 같은 아름다운 자태로 보였다. 눈빛도 반짝반짝, 총명스럽게 느껴졌다. 그래서 나는 까마귀를 까만 비단이라는 뜻으로 깜비라고 불렀다.

"깜비! 사람한테 욕먹는 다는 것은 뭐지?"

"그러니까, 그것은…"

우리가 나무 위에서 놀다가 부모님께서 걱정하실까봐 돌아
갈 때 생긴 일이다. 사람들은 그 뒤에 벌어진 모든 일을 내 책임
이라며 책임을 떠넘기기 바빴다. 배가 떨어져도 내 책임, 사과
꽃이 떨어져도 내 책임, 앵두가 떨어져도 내 책임, 참외가 떨어
져도 내 책임, 수박이 떨어져도 내 책임, 뭐든 내 책임이라며 마
녀사냥으로 몰아붙였다. 그래서 나는 그 말을 듣기 싫어서 사
람 곁을 떠났다.

한겨울을 참고 살다 보니 옛정이 새로워서 다시 찾아온 까마
귀다. 무슨 영화가 있어서 온 것이 아니라서, 다시 그런 오해를
받지 말자고 논밭은 물론 도심의 공원과 전깃줄 등에서도 빌미

를 주지 않는 데를 찾아다닌다. 사람이 오면 바로 떠난다.

　내가 숙연해진다.

　"깜비씨! 미안. 사람을 대표해서 빌께, 용서해!"

　"상관없다니까요! 누가 누구에게 빌어도 나는 무관심에 무반응입니다."

　"그렇겠지! 마음을 읽어내는 육감 있는 깜빈데…"

　"처음 알아주니 내가 고맙죠!"

　"까마귀 날자 배 떨어진다는 말은 들어봤는데 무슨 사과는 웬 말인가?"

　"그것은 바로 조작입니다. 내가 배나무에서 놀다가 날아갔다고 배가 떨어졌다는 말이 됩니까? 튼튼한 꼭지인데."

　"맞아! 어불성설. 말도 안 된다는 말. 내가 말해도 말이 안 되네! 그건 소리다."

　"그 정도 부실한 배 꼭지는 당연히 떨어지겠지요. 내가 놀다 간 것이 아니라 저 멀리서 하품만 해도 떨어질 배가 아닌가요?"

　"사과와는 무슨 상관이 있느냐고…"

　"내 말은요, 배 하나를 비유한다면 참을 만하겠는데 무조건 갖다 붙이니 억울하잖아요?"

　"말이 되네, 참외와 수박은 땅을 의지하여 사는데 까마귀 때문에 떨어졌다니 얼토당토하지 못한 욕이 맞아!"

"사과와 감은 억울함을 넘어 반 푼어치도 못 되는 비유라고 생각합니다."

"그럴 수가…"

아니다. 나는 그만큼 당한 까마귀였다. 사과와 감 따위를 가을에 수확하면서 나무에 한두 개는 남겨놓았잖아! 그 이유를 물어보니 새들에게 겨울 양식을 하라고 남겼다나… 그런데 우리들은 사과와 감을 겨울 양식으로 쪼아 먹은 일이 없다. 있어도 우리 차지가 되지 않아서 그냥 그림의 떡에 그친다.

우리는 무리 생활을 하니 감 하나를 보고 우르르 달려들 수는 없지. 이 감 저 감 먹다가 맛이 없으면 바로 뱉어 버리는 것

은 배부른 새다. 그럼에도 내년에는 감을 더 남겨두면 좋겠지, 생각하지만 남은 숫자는 변함이 없다. 오로지 나무 하나에 열매 하나. 그것이 바로 사람의 행위라고 본다. 생색은 냈다고 치더라도 실상 도움이 안 된다는 사실, 재주는 새가 넘고 생색은 사람이 차지하고…

"그렇게 당하고도 사람을 따른다니 정말 기이한 일이다."

"정말, 사람을 의지하고 진실로 사람을 위하여 노력하는 까마귀입니다. 상생 공존하는 새입니다."

"영특한 새로다! 내가 생각해도 어려운 숙제를 풀어내는 새 같구나!"

"씨앗을 뿌리지 않고 영근 곡물을 그냥 거저 줘도 거두지 않는 우리를 비유해 놓았지요. 이역만리를 넘어와서 놀고먹는 파렴치 새. 그 덕으로 영위해왔어요."

"일 안 하면 먹지 말라고 했는데, 어찌하여 먹을 양식을 주었을까?"

"간단해요. 우둔한 사람을 교육시키기 위하여 그저 조작하고 만들어낸 것이라서 전혀 신경을 안 써요."

"그렇겠군. 특이한 새를 지정하여 귀중한 새로 여기면서 신령의 후예로 숭앙하는 것도 보았다."

"그것도 전부 조작한 것이 아니라 영리함을 테스트와 검증

과정을 거친 새를 골랐다고 믿어요.”

“숫자 테스트? 심리 테스트?”

“아니요. 병 속에 들어있는 물 마시는 과학 테스트, 열쇠를 여
는 추리 테스트, 지형 지리를 초월하는 축지법 테스트, 미래를
예측하는 신령 테스트 등을 거쳐 뽑힌 새가 까마귀인데요.”

“그렇지! 그래서 다리 3개가 달렸다고 삼족오라 불렸구나!”

“아시겠지요? 그래서 고구려에서는 국조로 삼았고 독일과
일본에서는 예지를 지닌 신령조로 섬겼어요.”

“그러나 모든 사람을 만족시킬 수는 없으니 누구든지 싫어하
고 배척하는 경우가 많지!”

“그래요. 반대파는 무조건 틀렸다고 우기기도 하지요.”

“나는 깜비에 찬성파인데…”

“나는 착한 일을 한다고 했는데 나를 혐오하는 사람이 많더

라고요. 이참에 누명을 벗고 싶어요."

"누명씩이나?"

"나는 세상의 정리정돈을 하는 새인데, 그것도 완벽하게 처리하는 새입니다."

"정리정돈의 종결자는 하이에나라고 들었는데…"

그것이 문제다. 육식 동물이 독식하면 편법이지만 나누면서 공생하면 배려하는 정법이다. 고기는 먹고 뼈를 나누는 셈이고, 썩은 것을 먹으면 완벽한 청소법을 고안한 셈이다. 부드러운 곡식을 먹기도 하고 딱딱한 콩도 먹을 수 있어서 편리한 데로 주는 데로 받아먹는 순응형이다. 닥치면 마다하지 않는 임전무퇴형이다.

"전쟁터에 떠나는 장수처럼, 늠름한 기상이로다!"

"죽이고 죽는 것이 최선은 아닙니다."

"맞다. 죽이는 숫자 문제가 아니야."

"공존하는 사람의 심리를 파악하여 차선이라도 추천할 수 있는 능력이 있다면 바로 최고죠."

"퀴즈도 아닌 어려운 문제로고…"

"나를 보세요. 지금 얘기를 나눈 것만 들어도 알만하잖아요?"

옛날 베네딕토 성인과 함께 살던 수도자들이 엄격한 규칙을 따라 살기 힘들게 되자 반대를 들고 일어났으며, 독살하려다가 실패했다. 주식인 빵과 곁들이는 포도주에 독을 넣은 방법을 선택한 것이다. 성인이 포도주잔에 십자가를 긋고 빵을 먹으려는 순간 까마귀가 바로 낚아채서 목숨을 구했다는 말이 전해온다. 그 증거를 보면 깨진 컵과 까마귀가 그려진 문양이 전한다.

한국의 기록도 있다. 신라의 소지왕이 연못을 거닐 때 쥐가 뽀르르 나타나서 까마귀를 따라가라고 말했다. 소지왕이 까마귀를 만나 편지를 전달받았다. 뜯자 '궁궐의 문갑을 쏘라. 쏘지 않으면 여러 사람이 죽고 쏘면 둘이 죽는다' 라고 쓰여 있었다.

왕은 당연 두 사람이 죽는 방법이 옳다고 여겨 따랐다. 문갑

을 쏘고 확인해보니 중과 공주가 은밀히 사랑을 나누었다고 한다. 해서는 안 될 불법과 여러 사람을 위해 버릴 것을 과감히 정리하는 것이 타당하다고 여긴다. 이것이 까마귀의 속성이며 겉이 검어도 속까지 검은 것은 아니다.

한참 이야기하고 보니 해가 뉘엿뉘엿 저물어가기 시작하였다.

"깜비! 돌아갈 시간이 됐지?"

"정말 그렇네요. 사람과 통화하기 힘든데 헤어지려니 안타깝네요."

"오늘만 날인가? 내일 또 만나면 되잖아?"

"아니에요. 내일 일은 기약할 수 없어요."

"그래? 그럼 해가 조금 느렸으면 좋겠다!"

"하하하! 정말 재치 있고 멋있는 사람이군요!"

"뭐라고? 내가? 머리도 희고 수염도 흰데 멋있는 사람이라니 … 고맙군!"

"아니요. 그게 문제가 아니요. 까마귀와 대화해준다는 것이 멋있다는 말입니다."

"내가 듣고 보니 깜비가 멋있는 새라는 실체를 알아챘다."

"고맙네요. 지금 거처로 돌아가는 것이 문제가 아니라 저 먼 이역으로 날아갈 시간이 되었다는 예측이 듭니다."

"아이구. 하고 싶은 말이 있으면 빨리 해보자!"

　까마귀가 돌아가는 이유 중에는 숙적인 까치 때문이다. 까치는 텃세가 심한 텃새이다. 멀리 찾아온 나를 내쫓아내는 사이라서 까마귀는 그냥 수긍한다. 까치는 독립생활을 익혀 강인한 전투력을 가졌어도, 무리 생활을 하는 까마귀를 이길 수는 없다. 그래도 우리는 텃새의 체면과, 거저 얻어낸 지인들을 고려하여 조용히 물러난다. 싸우지 말고 다투지 말자고 타협안을 제출하였지만 까치가 반대하여 헤어졌다.

　이런 말을 해도 사람들은 금방 까먹은 사람에게 까마귀 고기를 먹었느냐고 비아냥거린다. 이것이 비애다. 하늘에서 가장 게으른 견우와 직녀라도 부부니까 1년에 한 번은 만나게 하려고

은하수를 건너는 다리를 세웠다. 이것을 본 까치는 명예를 같이 차지하려고, 차린 상에 숟가락 하나를 얹는 격으로 덤볐다.

그 일을 아는 사람은 까마귀의 체면을 배려하여 오작교라고 불렀다. 광한루의 오작교도 이도령과 춘향이 만나려면 건너야 하는 다리다. 까치보다 까마귀를 앞세운 것이 다행이라고 믿었다. 훗날 변덕꾸러기 까치가 오작교를 작오교라고 바꾸지는 않겠지!

"알았어, 깜비! 내년 입춘날 다시 만나자. 내가 사는 동안은 오작교를 지켜주마."

두꺼비의 환생

　비교적 높은 산이라서 환경도 힘들고 생활이 어렵다 하더라도 부부는 서로 의지하며 살아갔다. 몇 년이 지나지 않아 행복하게 의지했던 남편은 큰 지네에게 물려 죽고 말았다. 이제 기슭에서 계집아이 하나를 데리고 살아가는 과부가 되고 말았다.

　지네산은 지네가 많이 살아서 지네산이라고 불렸으며, 지형이 지네의 발 모양처럼 복잡하게 엉켜있는 산으로 만들어지기도 했다.

　물이 적어서 멀리 떨어진 옹달샘에 가서 물을 길어와야 했다. 아이가 커서 처녀가 되자 어머니께서 물을 길어 오시는 일이 얼마나 힘든지 알게 되었다. 어머니의 수고를 헤아리니 낳아 주신 것만도 고맙고, 길러 주신 것에 한층 더욱 감사하였다.

어느 날, 물 항아리를 이고 오다가 돌멩이에 걸쳐 넘어졌다. '에그머니나! 큰일 났구나!' 걱정이 되었다. 발뿌리가 아픈 것은 말할 것도 없이, 우선 물 항아리가 깨져서 어머니께 걱정 끼쳐 드릴 것이 죄송스러웠다. 엎어진 물과 깨어진 항아리를 쳐다보아도 어찌 해결할 방법이 없었다. 한참 걱정을 하다가 툴툴 털고 일어났다.

그런데 물이 흘러내리자 숲에서 터벅터벅 걸어 나오는 개구리가 보였다. 처음 보는 개구리가 험상궂었고 덩치도 커서 보기만 해도 겁이 났다. 놀란 마음을 진정한 후 말을 걸었다.

"개구리야, 거기서 나왔니? 깜짝 놀랐어!"

"놀랐어? 미안하다. 나는 두꺼비야!"

"그래? 내가 정말 미안하구나. 이름도 모르면서 처음 보는 두꺼비라니… 그런데 너는 어디에 있다가 왔니?"

"나는 물과 산에서 왔다 갔다 하고 살아. 오늘은 물이 먹고 싶어서 멀리 가야 해서 걱정이었다."

"응! 그러다가 내 발에 밟혀서 아프겠구나. 미안하게 됐다."

"응~ 미안한 쪽은 나야. 항아리를 이고 가는데 나를 밟지 않고 건너뛰려다가 넘어지게 만들어서, 정말 할 말이 없다. 항아리도 깨지고…"

"두껍아, 그렇게 해석하니 서로 마음 편하겠구나. 그렇지?"

"목마른 참에 물은 해결했으니, 이제 내가 도와야 할 일만 남았네."

처녀는 두꺼비와 주고받은 말을 생각해보니 기특한 동물이라는 생각이 들었다. 피부는 울퉁불퉁 생겼는데 마음은 천사처럼 고왔다. 그렇다고 두꺼비를 써먹을 일도 없고, 일을 만들 것도 없어서 가볍게 여겼다.

"그럴까? 그럼 네가 집에 가서 도와줘."

집에 도착하자 두꺼비는 이리 펄떡 저리 펄떡 도와줄 일을 찾아다녔다.

"찾았다! 여기 구멍 난 항아리를 찾았어!"

"구멍 난 항아리를 어쩌려고?"

"그대로 물을 부어놓을 방법이 없잖아. 내가 막아줄 테니 물을 길어와!"

"두껍아! 네가 구멍을 막으
면 밥은 언제 어떻게 먹고…"

"나는 밥을 많이 먹지 않으
니 걱정하지 말고. 조금만 주
면 돼."

"그렇게 믿어도 되나? 정말
진짜 미안하다. 어머니께서 항아리를 새로 마련하실 때까지만
참아보자."

처녀는 눌린 등이 아플 두꺼비를 생각해보니 미안하고 미안
하였다. 그래서 우선 먹을 밥을 정성껏 마련해주었다. 덕분에
두꺼비는 양식을 구하러 다닐 필요도 없이 놀고먹는 형편이 되
었다. 그래서 들일 수고를 대신하여 공을 갚겠다고 다짐하였
다. 지네산에서 살아온 두꺼비는 절기에 따라 해야 할 일과 반
복된 행사를 통해 앞으로 닥칠 일도 알고 있다.

어머니는 집에 두꺼비가 들어오자 작년 이맘때가 되었구나
하는 계절을 직감했다. 행운인지 불행인지, 그러나 반항할 방
법도 없다. 과년한 딸을 보자 걱정되었고, 평소 보았던 훨씬 큰
두꺼비를 보니 명물이라는 감이 들었다.

어머니께서 어릴 적에는 '두껍아 두껍아! 헌 집 줄게 새 집 다

오' 하고 노래를 불렀으나, 요즘은 산에서 사는 사람이 줄어들자 같이 놀아줄 아이들이 없어서 가르치지도 못했다.

어머니는 '집에 불이 났다. 두껍아 물을 길어오라'는 노랫말을 생각해보니 두꺼비는 길조이며, 집안을 다스리는 터줏대감이라고 믿어왔다. 천사 두꺼비가 오고 난 뒤 어머니는 대놓고 표시 나게 대하지 않았으나, 사실 마음으로 정말 고맙고 감사하다는 성의를 표했다.

어머니는 틈나는 대로 호미를 들고 산에 올랐다. 서낭당 주위를 돌면서 보이는 지네마다 호미로 족족 쪼아 죽였다. 하루이틀 만에 소원을 이룰 일도 아니라 일부러 일을 만들어가면서 지네를 죽였다.

남편도 일하다가 지네에 물려 죽었으니 남편의 원한이라도 풀어 보내자고 했던 일이었다. 과년이 되면 바로 딸이 닥칠 일이라서 마음이 급해져서 눈만 뜨면 아침부터 저녁까지 지네와의 사투를 벌였다.

사랑스러운 딸에게 말할 필요도 없이, 두꺼비에게도 알려줄 필요도 없이, 묵묵히 자신이 혼자 해야 할 과업이라고 믿었다.

두꺼비는 지네와 만나면 먹고 먹히는 싸움으로 살아왔다. 그때 독을 맞아서 피부가 험상궂게 변했고, 싸워 이겨내는 내공까지 갖게 되었다. 그래서 두꺼비는 오래 사는 영물로 변해졌다.

주인공은 얼마 전에 만났던 두꺼비를 천사라고 여겼는데, 두꺼비는 언젠가는 제물 풍습을 없애버리겠다고 마음먹었다. 그래서 일부러 힘들고 험난한 과정을 견디면서 실력을 쌓았다. 지네의 독성이 강하는 것을 익히 알았기 때문에 독충을 퍼트리는 곤충을 닥치는 대로 먹었다.

　해독약이 없으면 물로라도 어느 정도는 희석할 수 있다. 그러나 천사 두꺼비는 산에서 살면서 물도 없이 목말라 죽기 전에 한 모금만 마실 정도로 견뎌냈다. 덩치의 근육을 키우는 방법으로도 나름 이쪽저쪽 뛰어다니면서 훈련을 하였다. 훈련을 실전처럼 어느 정도 실력을 겸비하자 독사에도 도전하였다.

　독사는 피하지 않은 상대를 공격하여 바로 삼켜 먹어버리는 전략을 썼다. 독사가 허리를 반동하면서 고개를 들면 그제사 상대가 눈치를 챈다. 그러나 살아날 대책을 세우기 전에 먹혀버리고 만다. 두꺼비도 굼떠서 피하지 못하고 먹히는 신세로

떨어진다. 억울하고 원통스럽지만 꿈쩍하지 않고 그저 먹히는 수밖에 없다. 두꺼비는 날카로운 발톱과 이빨도 없어서 '아나~ 나 잡아먹어봐라!' 하고 놀리듯 버티는 방법을 터득하고 단련했다.

처녀는 지네산에서 사는 두꺼비 자체를 알지 못했고, 그간 숨은 노력은 전혀 생각하지도 않았다.

두꺼비의 예상대로 연중행사가 생겼다. 18세가 된 처녀를 골라 지역 행사의 주인공을 뽑았다. 전부터 지네의 왕에게 처녀 제물을 바치는 풍습이 있었는데, 올해도 거르지 않고 치를 판이다.

지네산 서낭당 근처에는 마을 사람들이 적어서 당장 지네왕의 제물로 선출될 처녀가 귀하다. 그래서 두꺼비에게 밥을 차려 준 처녀는 좋든 싫든 그저 순순히 당첨되고 말았다. 처녀는 어머니를 생각하면 물을 길어올 일이 걱정되었지만, 마음이 싱숭생숭 착잡해졌다. 같이 울어줄 사람도 없어서 물끄러미 두꺼비만 바라보았다. 처녀는 다음날 밤 서낭당에 들어가야 한다.

두꺼비도 어떻게 할 수가 없자 불안해졌다. 마을 행사에 이래라 저래라 해봐야 말을 들어줄 사람도 없다. 처녀 제물 대신 내가 들어가겠다고 주장하더라도 '그렇게 하자!' 하면서 지네에 맞설 사람이 없어서 안타까웠다.

　깜깜한 밤중이 되자 서낭당의 지붕 위로 불길이 올랐다. 대낮같이 밝아지자 멀리서도 지네산의 서낭당이 아주 귀중한 서낭당인 듯, 전혀 불필요한 서낭당인 듯, 모든 지역 사람들이 근심스럽게 쳐다보았다.

　서낭당에서는 '우당탕' 소리와 함께 '우지끈' 부서지는 소리도 들렸다. 엎어지고 뒤집히다가 뿜어내는 열기가 뜨거워 더 이상 쳐다볼 수도 없었다. 불을 쏘자 상대는 물을 쏟아내고, 반대편에서 불을 뿜어내자 상대는 물을 퍼부어대는 공방을 계속했다.

그러기를 밤새도록 이어졌다. 사람들은 예년에 조용히 지났는데 올해 유난히 처절한 상황에 걱정 반 근심 반이 되었다. 지네왕이 먹을 참에, 혹시 지나가던 배고픈 호랑이나 곰이 훔쳐가려다가 싸움이 벌어진 것 아니냐 궁금해졌다. 처녀도 죽기 살기로 반항하면서 싸울 것이지만 역부족은 불문가지라고 생각하였다.

날이 밝아지자 모두 서낭당에 들어가 살펴보았다. 다음 날 아침에 같이 들어간 사람들이 증인이 되어 공동 조사하는 관습을 이어왔다. 그런데 제물인 처녀는 상처 하나 없이 반듯이 누워있었다. 그 옆에는 커다란 두꺼비와 지네왕이 죽어있었다.

보통 당사자인 어머니는 이미 처녀 제물이 없어졌으니 서낭당에 들어서지 못하도록 정한 규정이 있었다. 그런데 이번에는 사람들이 모두 '처녀가 살아있다!' 하면서 어머니를 불렀다. 어머니는 부리나케 버선발로 달려갔다.

어머니는 딸을 보자 감격하여 눈물이 쏟아졌다. 죽었는지 살았는지 몰라도 당장 먹히지 않았다는 것만으로도 다행이라고 생각했다. 괴물의 이빨에 씹혀 죽었다는 것은 정말 가슴이 찢어질 일이다. 그런상태에서 누구든지 눈뜨고 못 볼일인데, 오늘은 정말 죽었다가 깨어날 일이었다.

흉측한 지네왕을 쳐다보니 이상한 점이 보였다. 보통 지네는

다리가 많이 달려있어서 보기에도 징그러운데, 지네왕은 붙어 있는 다리도 없고, 그렇게 싸우다 떨어진 다리가 없다.

눈만 뜨면 호미를 들고 지네를 죽이러 다녔다는 어머니는 자신이 한 일에 대한 보람을 느꼈다. 지네왕은 혼자 힘을 쓰는 것이 아니라 자기 부하들을 이용하였으며, 권력은 써먹는 교활한 괴물이라고 생각되었다. 그래서일까? 부하들이 그렇게 많이 죽은 탓에 지네왕의 힘도 조금씩 떨어졌다는 것은 당연한 순리라고 여겼다.

그런데 옆에 죽어있는 물체는 딸과 함께 집에 들어온 그 두꺼비였다. 어머니는 두꺼비를 부여안고 울었다. 자신이 죽을 것을 분명히 알면서 딸을 도와주려고 목숨을 걸고 싸웠다니 정말 가상스러웠다. 자신이 자처하여 구멍 난 항아리에 희생해온 두꺼비는 천사처럼 아름다운 마음을 가졌다고 느꼈다. 감사하고 고맙고 존경스러운 영물이라고 생각했다. 처자의 어머니는 두꺼비를 얼싸안고 뜨거운 눈물을 쏟아냈다. 울고 또 울었다.

주르륵 흐르는 눈물이 두꺼비의 얼굴에 떨어졌다. 뜨거운 촉

감이 식기 전에 두꺼비의 얼굴에 닿자 사람으로 변했다. 상상할 수 없는 일이 벌어지자 어머니도 깜짝 놀랐지만, 두꺼비는 귀한 딸의 목숨과 같은 처지라서 청년이 늠름하게 보였다.

모든 사람들이 박수치면서 환호하였다. 처녀를 죽는 행사에 뽑은 사람들이라서 어머니를 위로할 수도 없었으나, 오늘만큼은 환영하고 축하할 일이라서 즐거웠다.

지네왕이 죽었다는 것 하나에도 잔치를 벌일 판이었는데, 사람 대신 싸우다가 죽었던 두꺼비가 살아났다니 정말 고맙고 감사할 뿐이다. 게다가 멋진 청년으로 변했다니 모든 사람이 얼싸안고 춤을 추면서 환영하였다.

사람들이 시끌벅적 환호하던 소리를 내자 기절했던 제물 처녀가 깨어났다. 지네가 죽었고 처녀가 살아났다니 정말 마을의 경사요, 산 전체의 명절날이 되었다. 그 중에서 가장 나이 많으신 어르신께서 제안 하셨다.

'여러분들! 내 말 좀 들어 보소! 오늘같이 기쁜 날 잔치를 벌입시다. 죽었다 살아온 청년이 있고, 청년이 구해준 처녀가 있으니 얼마나 좋은 날입니까? 청춘 남녀를 엮어 혼인 잔치를…'
이 말을 듣자 어머니가 말을 했다. '어르신! 그런 혼인 문제를 어찌 저한테 상의하지 않고 진행하시겠다는 말씀이십니까?'
한참 생각해보니 마을의 어른도 좀 성급했다는 생각이 들었다.

'허허 그것 정말 실수했구려! 내가 미안했는데 용서 하시게나! 그 대신 내가 정식으로 부탁을 드리겠네.' 말씀하시자 어머니는 '그럼, 그렇고 말고요. 저는 두꺼비 아니 청년에게 의견을 물어보겠습니다' 대답하였다.

두꺼비에서 환생한 청년은 자신을 구해주신 분들의 요구를 거절하거나 다른 조건을 붙일 형편이 아니었다. 그래서 자기가 두꺼비로 둔갑한 사연을 설명하였다.

청년은 걷다가 엉겁결에 지네를 밟아 죽였고, 지네왕은 자기 딸을 죽였다고 화를 냈다. 청년은 일부러 죽인 것이 아니라 우연히 발아래로 기어 들어와 밟혔다고 말했다. 그런데도 지네는 사건을 시시비비 따지지 않고 가지고 있는 독을 남김없이 뿜어버렸고, 청년은 재빨리 도망쳤다. 뿜은 독과 함께 섞인 주술 성분이 옷에 닿자 두꺼비로 변해졌지만, 마음과 정신은 다치지 않았다. 지네왕은 그때부터 자기 딸이 죽은 날과 죽은 나이를 기리기 위해서 숫처녀 제물을 요구하기 시작하였다.

청년 두꺼비는 이렇게 두꺼비로 살다가 죽을 것이나 지네왕과 싸우다 죽을 것이나 마찬가지라고 생각하였다. 그러면 죽기 전에 다른 사람을 위하여 무슨 일을 해야겠다고 찾아 나섰고, 처녀를 만난 날이 숙명같이 전개되었다.

어머니의 정성으로 뜨거운 눈물이 떨어지자 다시 청년으로 환생하게 되었다. 어머니는 '이제 지네왕이 죽었으니 '지네산'을 '영광산'으로 바꿉시다. 그래서 둘을 맺어주어 행복하게 살게 해줍시다. 어때요?' 사람들은 '두 말없이~ 찬성이오!' 이구동성으로 환대하였다.

다음 해, 마을 사람들이 모두 모였다. 예전에는 죽으러 가는 모습을 그리다가 슬피 울고불고 모였었는데, 이번에는 환한 모습으로 한바탕 웃으며 모였다. 깔깔 웃는 사람과 점잖게 너털웃음을 짓는 사람 등 각양각색이었다. 서낭당에 닿자 각자 가져온 보따리를 풀었다. 제사상 진설이 아니라 잔치상이었다.

오늘 제일 늦게 도착한 사람은 작년 때 가장 기뻤던 사람, 처녀와 어머니 그리고 살아 돌아온 청년이었다. 그런데 어머니는 서낭당에 올릴 음식을 가지고 온 것이 아니라 귀여운 갓난아이를 안고 왔다.

사람들이 아이를 보자 '맞네, 맞아! 떡두꺼비!' 이구동성으로 맞장구쳤다. 신참 부부는 '이제 갓난아이를 가진 저희도 겨우한 돌이 지난 풋내기니 굿이나 보고 떡이나 먹겠습니다' 말하자, 사람들은 '그럼~ 좋고말고! 갓난이들은 떡을 먹지 말고 우리 어른이나 먹자' 말했다.

그러자 갓난아이를 가진 풋내기 엄마와 풋내기 아빠가 떡을

보자 아이들처럼 침이 고였다. 그럼에도 떡을 먹고 싶다는 말
도 못하고 그저 침을 꼴딱 삼키고 말았다.

쇠똥구리의 고난 길

아이들이 한참 재미있게 놀다가 그늘로 가서 쉬었다. 잔디밭에 앉는 아이가 있고 드러눕는 아이도 있었다. 부는 듯 말 듯 미미한 바람이었지만 그늘로 들어서면 정말 시원해졌다.

밖에는 소똥을 뭉치는 곤충이 있다. 소똥을 만지작 만지작거리는 곤충을 보면 사람들도 싫어한다. 그러나 아이들은 앞뒤 따지지 않고 그저 보이는 대로 신기하고 궁금해 한다. 지저분한 똥은 좀 내버려 두지 곤충은 왜 똥만 가지고 노는지가 궁금해졌다. 더구나 왜 뜨거운 태양 볕에서 힘겹게 일을 하는지도 궁금해졌다.

어른들도 여름 한낮은 잠시라도 쉬어 가면서 일을 하신다.

게을러서 쉬는 것이 아니라 기력이 쇠진하면 몸을 해치기 쉬우
니 조금이라도 아껴 쓰는 방법을 택한 것이다. 어떤 어르신의
말씀을 들어보면 힘이 떨어지기 전에 보충하는 방법이 최고로
좋다고 하신다. 그래서 아이들도 배운 대로 보충을 위해 잠시
쉬는 중이었다.

　그때 한 아이가 곤충을 유심히 바라보았다. 손톱보다 조금
크게 만들고 있는 쇠똥구리가 신기해졌다. 옆에서는 그것보다
세 배 정도나 되게 뭉쳐진 소똥 부스러기도 보인다. 큰 똥 덩어
리는 두 마리의 쇠똥구리가 함께 일을 하고 있었다. 더운데 혼
자 일하는 것이 미안하다며 협력하는 것으로 짐작하니 입가에
웃음이 번진다.
　"애들아! 여기 봐."

쇠똥구리를 먼저 발견한 아이가 같이 쉬는 아이들에게 말했다.

"뭔데? 좋은 것이냐?"

아이들이 우르르 모였다.

"이게 뭐야?"

곤충이 궁금한지 똥이 궁금한지 모르겠지만 말로만 들었던 곤충의 세계를 직접 대하니 궁금 투성이었나보다. 자세히 보려고 고개를 들이 내밀자 한 아이가 넘어졌다. 얼굴이 소똥 위로 쳐박고 말았다. 넘어진 아이는 할 말이 없었고, 보는 아이들도 당황하여 한동안 물끄러미 쳐다보았다.

"야! 누구든지 있는 물을 가져와!"

"물 가져 오란다! 누가 물을 가지고 있니?"

"큰일이다. 물이 없다."

아이들이 주고받았다. 급한 마음을 몸이 따라가지 못한 결과인 것으로 생각된다.

"응! 여기 물 대령이오!"

한 아이가 말하면서 캔을 주워들고 뚜껑을 열었다.

"응? 물이 아니잖아?"

"에이! 물이나 사이다나! 물이나 콜라나!"

"맞다! 급하면 궁한다더니 통했구나!"

"응~ 씻고! 소독까지!"

아이들도 이제 물을 구했다며 안심이 된 것처럼 느꼈다.

아이들도 물을 좋아하지만 운동보다 음료수를 먼저 챙기고 나선다. 이번에도 공차기를 한다며 너나 할 것 없이 물 대신 음료수를 들고 나왔던 것이다.

아이 얼굴에 음료수가 쏟아지자 쇠똥구리는 난리를 만났고 소똥은 파도를 뒤집어썼다. 비가 온다는 일기예보도 없었고 천둥도 없었는데, 물벼락을 맞은 쇠똥구리와 소똥은 어찌할지 몰라 아무런 말도 없었다.

쇠똥구리는 털털 일어났고, 묵묵히 일을 하고 있었다. 홍수가 나서 떠내려갈까 봐 걱정을 하더라도, 누가 도와줄 수도 없어서 혼자 해야 하는 책임감만 들었다.

빗물이 조금만 더 내렸더라면 아이들의 땀을 씻어낼 것이다. 한낮 뙤약볕에서 조금만 움직여도 땀이 주르르 내린다. 불쌍한 쇠똥구리를 생각해서 도와준 아이들인지도 모른다. 아까운 음료수를 거리낌 없이 부어준 아이 마음을 알 것 같다. 하찮은 소똥과 쇠똥구리를 통해 아이들의 우정이 크고 있다는 사실을 확인하는 순간이었다.

소똥 사건을 수습하자 아이들은 환한 얼굴로 바뀌어졌다. 그러나 소똥에 얼굴이 박힌 철수가 말했다.

"누구냐! 누가 사이다를 부었냐고?"

큰소리를 질렀지만 그래도 험한 얼굴은 아니었다.

"내가! 나 혼자는 아니야!"

그 말을 듣자 다른 아이들도 말을 하지 못했다. 혹시 불똥이 튈까봐 걱정이 되었다.

"영철이 너? 네가 정말로 사이다를 부었다고?"

"응~ 미안하기는 한데, 물이 없어서 어쩔 수 없었어!"

이 말을 들은 아이들도 거들었습니다.

"맞아! 물이 없어서 물을 가지러 갔다면 아직도 못 왔을 거야!"

영철이가 혼나지 않도록 위로하고, 사이다 물벼락을 맞은 철수의 눈치를 살펴보았다.

"네가 확실하지? 그럼 내가 영철이에게 부탁한다. 나 한데 사이다값을 내라는 말은 절대로 하지 않는다고 친구 앞에서 말해라!"

이 말을 들은 친구들은 모두 갑자기 환호성을 쳤다.

"그럼! 그렇고 말고! 사이다값을 내라고 말하지는 않겠다."

"혁진이 너는 아까 내 얼굴에 사이다를 부었다고 말 안했잖아? 왜 이래!"

"응! 나도 사이다를 부었다고 안 했어!"

"알아! 한 사람만 부었잖아?"

이 말을 듣자 친구들은 정말 미안스러워 말을 잇지 못했다. 철수는 물 대신 사이다를 부었는지 밝히자는 말이 아니라, 지은 죄를 벌써 용서했다는 말을 하고 싶었다. 다른 아이들은 되레 '내가 사이다를 부었다.' 라는 말을 처음부터 밝히지 못해서 속인 것 같이 느끼자 양심이 허전하였다.

눈치를 챈 철수는 친구를 위로하였다.

"걱정마라! 내가 좋아하는 사이다를 부어줘서 한없이 마셨다. 그래도 어머니께 사이다값을 달라고 할 수 없어서 너희들이 각자 알아서 처리해달라는 뜻이었어."

이 말을 듣자 마음을 턱 내려놓고 안심이 되었다.

"야! 오늘은 내가 쏜다."

"그럼~ 내일은 내가 콜라!"

"마시고 싶을 때 언제든지 말해, 내가 낼게!"

미안함과 부담을 벗어나는 배려가 빗발쳤다.

"친구들아! 고맙다. 그런데 쇠똥구리는 어떻게 되었나?"

이 말을 들은 아이들은 다시 우르르 모였다.

"조심 조심. 또 엎어질라!"

"알았어. 조심 조심!"

"쇠똥구리야, 말똥구리야, 어디 갔나~ 어디 있나?"

아이들은 쇠똥구리를 찾아보았다. 소똥을 여기저기 굴리며 열심히 일하는 것이 보였다. 한바탕 물난리를 맞은 쇠똥구리에게 미안하였고 물에 빠져 진탕으로 변해버린 소똥에게도 미안해졌다. 아이들은 어떻게 할 방법이 없어서 그저 바라보기만 했다.

"어! 여기 똥에 두 마리가 붙어 있네?"

"어디! 어디!"

"정말 두 마리가 열심히 일을 하고 있다."

"협동한다고?"

"아닐 거야!"

"아니면~ 밀정?"

아이들은 쇠똥구리를 잘 알지 못해서 의견이 갈라졌다. 믿고 있는 것과 알고 있는 것이 전부는 아니라는 사실도 모른다.

이야기하는 사이에 한 마리가 헤어졌다.

"웬일이야? 같이 일하다가 떨어지지?"

혁진이가 말했다.

"글쎄! 나도 모르겠다. 물어볼 수도 없고."

친구들은 아직 쇠똥구리에 대한 사정을 알지 못해서 속단하지 못했다.

"그럼, 조금 더 쳐다보자."

영철이가 말했다.

"쳐다보다니? 공부를 해야지 공부를!"

아이들도 하찮은 쇠똥구리를 보면서 놀고 즐기는 것보다 공부가 중요하다는 뜻으로 말했던 같다.

"어! 위에 앉았던 놈이 내려와서 굴려 가네!"

"그럼, 아래에 있었던 쇠똥구리가 다른 데로 갔다는 말이냐?"

"아~ 밑에 있던 쇠똥구리는 위에 있었던 친구가 약하다고 믿어서 도와주었구나!"

"이제 일이 끝났으니 자기 할 일을 찾아 떠났다는 것이고!"

"정말 서로 돕고 배려하는 곤충이었네. 내가 곤충을 보고 배우는다는 것이 부끄럽다."

아이들은 각자 의견을 냈지만 결과적으로 항상 보고 배운다는 것을 실천하고 있었나보다.

어른은 3명이 같은 길을 가다 보면 반드시 1명은 나의 스승이라는 말씀을 듣고 배우셨다. 마침 지게를 지신 어르신이 오셨다.

"안녕하세요?"

"할아버지 안녕하세요?"

아이들은 인사를 하였다. 그러자 할아버지도 '아! 착하기도 하지' 말씀하셨다. 누구의 자녀인지 이름이 무엇인지도 묻지 않으시고 대답하셨다. '할아버지! 그런데 이게 뭐예요?' 아이들이 묻자 할아버지는 잠시 가던 길을 멈추고 말씀하셨다.

"뭐가 뭐냐고?"

"별거 아니에요. 쇠똥구리가 같이 일하다가 왜 헤어졌는지 몰라서요."

아이들이 묻자 할아버지는 쇠똥구리를 자세히 살펴보셨다. 그리고 '응~ 정말 헤어졌다고?' 물어보셨고, 아이들은 '제가 처음부터 끝까지 보았어요.' 대답을 드렸다.

"어험~ 그렇구나. 그럼 내가 판결을 내겠다."

"엥~요? 판결을요?"

"그렇다니까! 후회 없는 명판결을 내리겠다."

이 말을 듣자 아이들은 영문을 몰랐어도 그저 할아버지 입만 바라보았다.

"에~ 가라사대. 소똥 위에 앉아있었던 놈이 잘못했으니 그놈을 끄집어 내리고, 헤어진 소똥구리를 찾아서 같이 만들었던 소똥을 가지라고 명령하라!"

이 말을 듣자 아이들은 무슨 날벼락인가 하여 대답을 하지 못했다. 어르신은 '알아들었어? 위에 있던 놈은 나쁜 놈이니 그놈을 잡아 저 멀리 던져버려라!' 말씀하셨다. 아이들은 '그럼, 아래에서 일했던 쇠똥구리가 주인이었는데 위에 걸터앉은 놈이 도둑이었네요?'라고 다시 물었다. 할아버지는 '암만! 둘이 협력하는 친구 사이가 아니라 남의 노력을 한마디로 뺏어 먹는 놈과 같은 불한당이다. 알아들었지?' 아이들은 할아버지의 얼굴을 쳐다보면서 어리벙벙한 표정을 지었다.

한동안 뜸했다가, 소똥 위에 얼굴을 쳐박혔던 철수가 말했다. '알았어요. 저에게 사이다를 뿌렸다고 화를 내는 말이 아니라 외려 저에게 뿌린 사이다값을 내라고 하지 말라고 부탁했거든요.' 이 말을 들은 아이들은 사이다와 위에 앉았던 놈과 무슨 관계가 있는지 어렴풋이 짐작되었다.

할아버지는 자초지종을 듣지 못하셨어도 그저 '그래? 알았다' 하셨다. 연로하신 분이시니 어린 시절을 겪어서 지레 짐작하신 것 같다. 안 봐도 본 듯 알고 있다는 말씀이셨다. 아이들은 할아버지께 쇠똥구리와 소똥에 대하여 자세히 말씀해주시라고 부탁을 드렸다.

소똥을 뭉치는 곤충은 쇠똥구리이고 말똥을 뭉치는 곤충은 말똥구리다. 개똥을 뭉치는 곤충은 없고, 그런 개똥구리라는 단어도 없다. 예전부터 동물이 내놓는 똥을 무조건 뭉치는 것은 아니다.

오랜 적부터 흙벽돌을 만들 때 짚을 섞듯이 단단하게 만들기 위하여 풀 성분이 들어있는 똥을 활용하는 방법이 있었다. 흙과 섞은 짚은 잘 부서지지 않도록 결합성분 역할을 하였고, 그 똥을 먹고 태어나는 곤충은 식량의 주재료라고 여기고 살아간다.

우리가 아는 쇠똥구리나 말똥구리는 소나 말이 먹고 싸는 똥인데, 풀 성분이 아직 소화되지 못하고 나온 것을 골라 먹는 것이다. 다 큰 성체는 똥 대신 직접 식물을 먹는데, 똥을 구슬처럼 뭉쳐놓고 그 속에 알을 낳는다. 부화하면 똥을 파먹다가 애벌레가 되어 성장하는 과정을 거친다.

말똥구리와 쇠똥구리는 구분하지 못해도 그런 똥을 구슬로 만들어 내는 것은, 애벌레가 먹이 찾으러 다니는 수고를 감당할 수 없어서 어미가 고안해냈다.

동양과 서양을 막론하고 세상 사는 일종의 자연 순리라 믿는다. 코끼리가 많이 싸는 똥도 곤충의 좋은 식재료이다. 그런다고 코끼리똥구리라는 단어는 없다. 그저 닥치는 대로 먹어도 먹을 만하면 자기가 골라서 먹는 적자생존의 법칙이라고나 할까!

쇠똥구리 자식들은 성장하기 위하여 울고불고 헤맬 필요도 없다. 그저 알을 낳고 '나몰라' 해도 원망하지 않는다. 남몰래 둥지에 들어가서 주인을 쫓아내고 행세하는 뻐꾸기처럼 나쁜 녀석이다. 아까 말한 것처럼 위에서 '에헴' 하면서 큰소리치는 놈이 나쁜 놈이다. 밑에서 똥을 동그랗게 만드느라 무진 애를 쓴 곤충이 바로 주인이다.

그 주인은 똥구슬을 완성하면 비로소 자기 거처로 옮긴다. 구슬을 굴리는데 앞다리를 땅에 짚고 뒷다리를 똥구슬에 대고

밀면서 간다. 앞으로 가는 것이 아니라 뒤로 가는 것이라 얼마나 어렵고 힘들지 짐작이 든다. 똥구슬의 덩치가 커서 앞을 막고 있어도 찾아가는 기술은 있다.

쇠똥구리는 구슬 위에 올라 상황을 살펴서 왼쪽으로 갈지 오른쪽으로 갈지를 결정한다. 그러다가 절벽 아래로 떨어져서 감각 방향을 잃어서 뒤로 돌아가야겠다는 생각이 드는 때도 있다. 집을 찾아내는 것은 단순히 시력 하나를 믿고 가는 것이 아니라, 기온과 습도, 바람의 상황을 감지하면서 원하는 냄새가 나는 쪽이 어디인지 찾아내는 기술이다.

애벌레가 커갈 때까지 먹고 살 식량인데, 땅 위에 떨어진 소똥을 깨끗이 청소하는 역할을 담당하는 청소부다. 우리나라에서도 예전에는 소똥과 쇠똥구리가 많았었는데 요즘에는 만나기 힘들다는 곤충이 되었다. 쇠똥구리가 먹고 살 식량이 없다고 판단해서 알을 낳을 때 적게 낳았다는 말이다.

아직도 소똥이 넘고 넘치는데 무슨 말이냐 하면, 요즘 소똥으로는 제대로 성장하지 못해서 줄었다는 말도 된다. 사실 풀만 먹는 것이 아니라 배합사료를 먹다 보니 쇠똥구리가 싫어하겠지. 적자생존의 원칙을 실감한다. 쇠똥구리의 똥구슬을 빼앗아 차지하는 나쁜 쇠똥구리도 남의 적자생존을 송두리째 노리는 녀석이다. 이런 녀석을 만난 쇠똥구리는 그래도 견뎌내는 착한 쇠똥구리가 된다. 그래서 세상의 모든 사람들이 살 만한 세상이기를 착한 쇠똥구리의 마음에 기대한다.

　할아버지 말씀을 들었다가 세상을 살아가는 법칙 이야기를 접하자, 아이들은 발을 빼고 고개를 들었다. 다른 화제로 돌려서 대뜸 '그런데 할아버지는 무슨 일로 지게를 지셨어요?' 물었다. 할아버지는 '무슨 일? 나도 먹이고 키우는 일을 하러 왔어!' 대답하셨다. 아이들은 한마디씩 생각나는 대로 물어보았다.

　"무슨 일이예요?"

　"소 먹이려는 꼴을 베러 왔다."

　"꼴이 뭐예요? 할아버지를 무시한다는 뜻입니까?"

　"아니! 소가 먹는 풀을 말한다."

　"할아버지! 그럼 오늘 오신 것도 소똥과 연관이 있나요?"

　"소똥과 연관은~ 있겠지. 처음 목적은 소의 식량을 마련하려고 왔다."

　"그럼 소가 다 먹어요?"

　"아니~ 다 먹지 못하고 남으면 옆에 쌓아놨다가 두엄 만든다."

　"두엄요? 무슨 말입니까?"

　"두엄은 퇴비와 같지. 사람이 재활용으로 사용할 수 없지만 작물에게는 재활용하는 역할이라고 할까?"

　"할아버지! 퇴비가 뭐예요?"

　"할아버지는 청소하시는 중이셨다고 믿어도 되나요?"

"무슨 청소라니…"

"남은 소똥은 쇠똥구리가 청소할 것이고, 남은 퇴비는 작물이 청소할 것이고, 세상을 깨끗하게 하시는 일이니까요!"

할아버지는 철수의 말을 듣자 엉뚱한 질문이 세상을 바꾸는 사실이라고 믿게 되었다. 그리고 계속 대화하다가는 더 이상 가르칠 것이 없다는 생각이 들어서 '자~ 이제 그만 끝낼까?' 말씀하셨다. 아이들도 '할아버지 죄송해요. 언제 꼴을 베고 언제 가져가시겠어요?' 또 물었다.

할아버지도 벌써 뙤약볕이 기울자 마음을 충전하시고 말씀하셨다.

"이제 급한 일은 없다. 오전에 베었던 꼴을 가져가면 된다."

"왜 오전에 꼴을 베셨어요? 바로 가져가셔야 하는 것 아닙니까?"

"아~ 그것은 풀을 베고 한참 지나면 풀이 풀이 죽어서 좋지!"

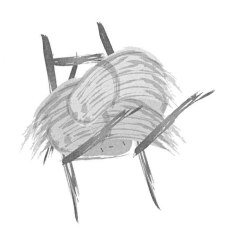

"풀이 풀이가 뭐예요?"

"풀이 가진 싱싱한 풀기가 줄었다는 뜻이다."

"아하~ 그거요?~"

"이해되나? 그럼 나는

간다.”

“혼자요?”

“안돼요! 같이 가셔요.”

“할아버지 같이 가셔요. 도와드릴게요!”

“수강료를 드리지 못해서 죄송해요.”

아이들은 하고 싶은 말을 쏟아냈다. 아이들은 할아버지를 따라 올라가서, 마른 풀을 한 아름씩 안고 내려왔다. 아이들은 한바탕 떠들면서 이런저런 이야기를 주고받았다. 할아버지는 아이들의 웃는 모습을 보자 덩달아 즐거워졌고, 짐이 가벼워졌다. 생각하니 미안한 느낌도 들었다. 그래도 아이들의 배려하는 마음을 고맙게 여기자 한마디 말씀을 하셨다.

“애들아~ 오늘 너희들에게 한 말은 쇠똥구리의 전투라고 생각했다. 그런데 너희들이 느끼는 쇠똥구리의 전투는 세상을 깨끗하게 만드는 청소와의 전투라고 생각할 수도 있겠지!”

뻐꾸기의 수난탈출

들판에서 산속에서 '뻐꾹 뻐꾹' 하고 우는 새가 있다. 이 새를 뻐꾸기라고 부른다. 그런데 듣기에 따라 다르다고 하는 사람도 있다. 어떤 사람은 떡국새라고 한다. 새 우는 소리를 그렇게 들어서 그런 것이다.

옛날 못된 시어머니와 착한 며느리가 같이 살았다. 하루는 며느리가 시어머니 떡국을 먼저 퍼 놓고 잠시 자리를 비웠다. 이때 시어머니가 와서 보니 한 그릇 밖에 없었다. 착한 며느리라고 믿었지만, 시어머니는 떡국을 안 줬다고 화를 내며 실컷 때렸다. 며느리는 몽둥이에 잘못 맞아 가정내 사고로 죽었다.

며느리에게는 변명할 기회도 주지 않아서 억울하고, 맞으면서 반항하지도 못해 분통하고, 한이 맺혀 넋이 새로 태어났다. 이 새가 '떡국 떡국' 소리를 질렀지만 듣기에는 '내가 착한 며느리다' 하며 하소연으로 들리기도 했다. 그런데 떡국새가 울었다고 전해왔다.

달리 풀국새라고 부르는 사람도 있다. 어느 가정에 계모를 들이자 전처의 딸에게 일을 시키면서도 밥을 주지 않았다. 갖은 학대를 받으며 굶주리던 딸은 슬펐다. 큰 이불 호청에 풀을 먹이다가 배고픈 나머지 그 풀을 정신없이 먹다가 목이 막혀서 죽고 말았다. 딸의 원통한 넋이 새로 태어나 '풀국 풀국'하며 울었단다. 이때부터 풀국새가 서럽게 운다고 전해졌다.

박국새라고 우는 새도 있다. 나무꾼을 땅에 두고 하늘로 올라가는 선녀의 이별 이야기이다. 어느 날, 나무꾼은 꿈에 그리던 두레박을 타고 하늘로 올라갔다. 아내를 만나니 기뻤고 반가웠지만 땅에 두고 온 늙은 어머니가 생각나자 우울해졌다. 선녀는 나무꾼을 도우려고 천마를 내주면서, 지상에서 말이 세 번 울기 전에 빨리 올라와야 된다고 신신당부하였다. 어머니는 아들을 만나자 평소에 아들이 좋아하는 박죽을 끓였다. 천마에 올라탄 아들을 붙잡고 박죽을 먹였다.

아들은 바쁜 나머지 말을 탄 상태에서 뜨거운 죽을 떠먹기 시작하였다. 그 사이에 천마가 두 번째 울었다. 당황한 아들은 박죽을 천마의 등에 엎질러버렸다. 천마가 깜짝 놀라 길길이 뛰자 나무꾼은 땅에 곤두박질 떨어졌다. 그리고 말은 세 번째 울음과 함께 하늘로 올라갔다. 나무꾼은 상사병에 걸려 죽어서 새로 태어났고 '박국 박국' 하고 울었다.

정말 사연 많은 뻐꾸기다. 그 많은 한을 어떻게 참고 살았는지 뻐꾹새에게 물어보았다. 뻐꾸기는 한참 물끄러미 쳐다보다가 드디어 입을 열었다. 긴 세월 동안 가슴에 안고 묻어둔 설움이 우울증에 걸려서 또 다른 상처를 받았다고, 하소연을 쏟아냈다.

뻐꾸기가 울면서 나타나면 재잘대는 뱁새와 붉은머리오목눈이는 무리를 지어 큰 소리를 내면서 대항한다. 작은 새이지만 연합하여 반드시 뻐꾸기를 쫓아낸다. 그래서 뻐꾸기는 정처 없이 헤매면서 '뻐꾹 뻐꾹' 울었다. 너무 슬프게 울다 보니 친구가 없어졌다.

뻐꾸기가 둥지를 틀어 정착하려고 해도 친구들은 '즐겁게 살고 있는데 왜 슬프게 만드냐?'고 화를 내면서 쫓아낸다. 마음을 다잡지 못하는 뻐꾸기는 누구에게도 따돌림을 받았다. 아마 외톨새인가 생각된다. 그래서 뻐꾸기는 다른 새와 협상하지 않고 스스로 살아갈 독한 방법을 연구해냈다.

붉은머리오목눈이는 부리가 엄지손가락처럼 짧은 형태이다. 갈대에 둥지를 틀었을 때 바람이 불면 '부스스'가 들려서 부비새라고도 부르며, 이런 소리는 비벼서 난다고 해서 비비새라고도 한다. 간혹 뱁새, 개개비를 붉은머리오목눈이와 같은 새라고 통한다.

붉은머리오목눈이는 덩치가 작아서 작은 둥지를 틀고 산다.

둥지는 여기에 알을 낳고 양육하는 것이 어미새의 가장 큰 목적이다. 동료를 만나면 '조잘조잘, 씨씨씨시' 즐겁게 이야기하며 지내는 행복새이다. 붉은머리오목눈이는 하루에 한 개씩, 한배에 4개 혹은 6개까지 알을 낳고 두 차례를 산란하기도 한다.

반면, 뻐꾸기는 1년에 12~15개의 알을 낳는데, 하루에 1~2개의 알을 낳는다. 주위에 있는 붉은머리오목눈이가 둥지를 틀면 뻐꾸기가 유심히 살펴본다. '어~ 둥지를 짓기 시작하는군!' 이렇게 마음속으로 혼잣말을 하는 것은 언제부터 둥지를 만들었는지, 언제부터 알을 낳기 시작하는지에 큰 관심을 가져왔다.

여기저기 기웃거리다가 목표를 발견하면 '쉿! 이제부터는 쥐도 모르게 살펴보자!' 하면서 몸을 숨긴다. 붉은머리오목눈이는 뻐꾸기의 감시를 눈치채지 못하고 그저 부지런히 자신의 일만 해냈다. 행복새도 둥지를 틀 때는 소문을 내지 않고 조용히 둥지를 튼다. 만나서 재잘거리는 동료 간에도 자신의 사생활을 샅샅이 밝히지는 않는다.

외톨새가 '보라! 내가 떴다. 꼼짝마라~' 하면서 몸을 보여주면 행복새가 곤두박질한다. 염라대왕인 매가 온 것으로 알고 '야~ 공습이다!' 한마디에 모든 행복새는 쥐죽은 듯 조용하다. 그러나 남의 둥지를 발견한 외톨새 뻐꾸기는 바로 잠행을 한다.

붉은머리오목눈이가 이튿날 두 개째 알을 낳았다. 이번에도 먹이를 찾아서 잠시 외출을 한다. 먹은 것을 싸고 싶어서 떠났는지도 모른다. 둥지에서 응가를 하면 날카로운 매는 '아! 여기 내 밥이 있구나!' 하면서 바로 들이닥친다. 그래서 모든 새도 이렇게 쫓고 쫓기는 생활을 익히 알고 있다. 얼간이 새만 빼고.

이때 뻐꾸기는 조용히 그러나 쏜살같이 행복새 둥지에 달려든다. 방금 전에 낳은 두 번째 알을 낳은 것을 확인하고 온 것이 분명하다. 그리고 첫 번째 알을 물어내 버렸다. 대신 뻐꾸기의 알 하나를 채운다. 둥지 주인이 언제 돌아올지는 아무도 모르기 때문에 순식간에 마쳐야 한다.

외톨새가 떠나자 바로 행복새가 돌아왔는데 남아있던 알은 아무런 말도 하지 않았다. 아직 말을 가르치지 않아서 그럴 것이다. 행복새는 '하나, 둘 맞네! 침입자의 흔적도 없고…' 숫자를 세고 이상이 없다는 것을 믿고 다시 알을 낳는다. 지켜보던 외톨새는 '아휴~ 안심!' 하면서 떠났다.

멀리서 '뻐꾹~ 뻐꾹~' 하는 소리가 들려온다. 뻐꾸기는 제비처럼 매끈하지만 깃털은 매와 흡사하여 누구든지 속고 산다. 이것이 외톨새가 남의 도움 없이 혼자 살아가는 첫 번째 성공 사례이다.

붉은머리오목눈이는 자신의 알과 뻐꾸기의 알이 비슷해져서 분간하지 못한다. '그 알이 그 알이지…' 믿고 이리저리 굴려가면서 품었다. 자신의 체
온 36도로 알을 품으면
서 먼 쪽에 있는 알이 식
지 않도록 부지런히 굴렸
다.

　행복새는 시계를 가지
고 다니지 않았다. 아름
다운 그림 달력도 없다.
그런데도 알이 부화할 때를 안다. 예민하면서도 침착하게 숫자
를 세어본다. '그렇지~ 그럼 이틀 남았구나!' 하면서 긴장한다.
행복새가 계산하는 시계와 달력이 따로 있다는 것은 확실하다.
　뻐꾸기는 행복새를 면밀히 살피고 나타났다. '그럼 그렇겠
지!' 외톨새는 행복새의 달력과 시계를 꿰찼다. 내가 포악한 매
라며 상대에게 겁을 주었겠는가? 아니다. 은밀히 귀신도 모르
게 다가간다.

　드디어 부화가 시작되었다. 행복새는 '어? 내 계산은 저녁으
로 알고 있는데~ 이상하다.' 그러다 '살다 보면 그럴 수도 있고,
성질이 급해서 나왔겠지…' 하며 지나쳤다. 뻐꾸기는 '그럼! 내
생각이 틀림없어!' 안심 되었다. 남의 시계를 본적이 없는데 어
떻게 알았을까? 정말 신통하다.

부화시에 낳은 알은 36℃로 살아가고, 하나 둘 모았다가 품어주면 스스로 40℃로 되어 작동한다.

그러나 뻐꾸기 알은 처음부터 40℃로 출발한다. 그래서 다른 알보다 1~2일을 정도 빨리 마친다는 생체시계를 갖고 있다.

둥지는 살아갈 집이다. 아무리 늦었다 하더라도 지어야만 된다. 그러나 뻐꾸기는 동네 새들에게 허락을 받지 못했다. 반대로 훼방꾼을 이용하는 꾀를 찾아냈다. 이것이 바로 아쉬운 소리를 하지 않고 살아가는 두 번째 성공 사례이다.

뻐꾸기가 붉은머리오목눈이보다 정말 일찍 부화하였을까? 그건 확실하다. 행복새 둥지 안에 있었던 외톨이새가 먼저 부화하였다. '아우~웅!' 하면서 기지개를 펴고 주변을 둘러보았으나, 부화한 친구가 없다는 것을 알았다. 그래서 '아무도 본 새가 없지?' 하면서 차례차례 둥지 밖으로 밀어냈다. 그러나 본 새가 분명 두 마리나 있다. 친부모, 엄마 뻐꾸기와 아빠 뻐꾸기이다.

뻐꾸기는 알을 낳으면 바로 '뻐꾹 뻐꾹' 하면서 울어댄다. 태교 겸 부화시켜준 붉은머리오목눈이가 불쌍해져 미안하다며 아빠 새가 속죄했다. 먹여 키울 걱정도 없고, 삐비새에게 겪었던 설움과 안타까운 심정을 쏟은 엄마 새가 '삐~비 삐~비' 웃었다. 이것이 바로 도움을 요청하지 않고 살아가는 뻐꾸기 전

법 세 번째이다.

돌아온 붉은머리오목눈이는 '어? 이상하다! 분명 5개가 있었는데 어디 갔을까?' 걱정이 되었다. 그러나 아무리 살펴보아도 찾지 못했다. 눈도 발도 날개도 없는 알인데 어떻게 돌아오겠는가? 시간이 지나자 '얄미운 파렴치, 망할 뱀이 물어갔겠지!' 하며 체념을 하고 말았다.

그러나 사태를 파악한 행복새는 과감히 모든 것을 포기하고 둥지를 떠난다. 다시 둥지를 트는 어려움도 알지만, 어쩔 수 없이 처음부터 시작한다. 그러면 어미 뻐꾸기도 갓난이를 포기하고 다른 둥지를 찾아 나선다.

붉은머리오목눈이처럼 뱁새가 뻐꾸기에게 속았다면 어떻게 할까? 무전취식 뻐꾸기를 언제 만날까? 찾아가서 따지고 물어내라고 응석을 부리면 해결될까? 보상을 받을 재산도 없다며 넋 놓고 울면 나아질까? 그러면 뱁새가 날쌘 뻐꾸기를 쫓아 가다가 날개 찢어진다는 말이 생긴다.

속은 행복새는 외톨이새끼에게 정성

을 쏟았다. 잃은 친새끼를 대신 하여 아낌없는 정성으로 키워 냈다. 무럭무럭 커가는 외톨이를 보는 외톨이 아빠 새는 둥지를 맴돌면서 '뻐꾹 뻐꾹' 울었다.

이 소리를 듣자 가슴으로 기른 새는 내가 바로 엄마다 하며 '삐~비~ 삐~비~' 가르쳤다. 또 커서도 잊지 마라, 내가 아빠다 하면서 쉬지 않고 '뻐꾹 뻐꾹' 목소리를 반복했다.

뻐꾸기 행실이 나쁘다는 말이 있고, 살아가는 방법 중의 하나라는 말도 있다. 뻐꾸기를 교훈 삼아 탁란하는 새가 100종이나 되었다. 뻐꾸기는 사람들의 유언비어를 듣기 싫어져서, 명예를 회복하고 싶었다. 무슨 일이든지 보여주겠다는 생각을 품었다.

외톨이새가 우는 것을 듣고 신세타령을 한 사람이 많다. 기구한 운명이라면서 울다가 지쳐 지각생도 생겼다. 이를 한탄하면서 '놀지 말고 씨를 뿌려라. 늦지 않게 씨를 뿌려라' 하면서 쉬지 않고 주장하였다. 이 말을 들은 사람들은 '포꼭 포꼭' 씨를 뿌려라로 받아들였다. 풀이 난 뒤에 뿌리면 잡초를 뽑아내기가 힘들다면 빨리 뿌려라하고 '포꼭 포꼭' 경고음을 냈다.

산불이 나자 난리를 피하려다가 다친 새도 있다. 뻐꾸기는 등산객에게 법으로 담배를 끊자고 '법끔 법끔' 들려주었다. 새

주제에 교훈이라니 사람들은 뻐꾸기 꼴보기 싫어 '뻐금 뻐금' 흉내 내며 피웠다. 그래서 뻐꾸기는 '법끔 법끔' 하는 소리를 다시 내지 않았다.

 누가 말하든 뻐꾸기는 슬퍼서 우는 새가 아니다. 뻐꾸기 소리를 듣고 깨어나는 사람도 많다. 모든 새는 울림대 덕분으로 의사소통을 하며 살아간다. 뻐꾸기는 둥지를 빼앗고 기른 정성을 배반했다는 평판에 억울해서 우는 것도 아니다. 빨리 내 말 좀 들어보라며, 기르기 전에 비축했던 힘을 시원하게 토로했다.
 아름다운 소리는 아니더라도 사람의 심금을 울리는 우렁찬 소리는 메아리의 마중물이다.

웃는 소쩍새

산 속 키 큰 나무 사이에 작은 나무가 살고 있었다. 일찍 잠에 깨어나서 둘러보아도 상대가 없어서 할 일도 없었다. 심심하기도 하고 온몸이 뒤틀려지자 '아~흠' 하면서 큰 기지개를 켰다. 그랬더니 나뭇잎이 떨어졌다. '아이고, 아까운 내 옷이 떨어지네!' 하며 궁시렁 궁시렁거렸다.

옆에 있는 작은 나무 친구가 깨어나서 무슨 일이 일어났느냐고 물었으나, 어제와 다른 일이 없어서 혼자 중얼거렸다. 친구가 듣긴 했지만 확실히 알아듣지 못하자 '확실히 말해봐. 알아듣도록!' 이라고 말했다. 나무는 그래도 특별한 일이 없자 또 중얼거렸다. 그러자 '에이~ 말이 그러면 남이 된다' 라는 핀잔을 듣자 아무런 말도 없이 밖으로 나갔다.

　깊은 산속이라 한참을 걸어도 끝이 보이지 않았다. 어디로 갈까 헤매다가 '이러다 길을 잃으면 무섭겠다' 하는 생각이 들어서 가던 길을 반대로 돌아왔다. 친구 나무가 '어디 갔다 왔니?' 묻자, 키 작은 나무는 '아니! 그저 가봤어!' 대답하였다.
"그렇게 나다니면 길 잃어!"
"길을 잃으면 찾으면 되지~"
"잃은 것을 어떻게 찾아? 누가 알려줘?"
"내가 찾으면 되지. 누구에게 필요도 없이…"
"길을 잃어도 혼자 찾는 것이 천재다."
"내가 천재라고?"
"나는 몰라. 말이 안 통해서 몰라. 몰라도 몰라."
"…"

말이 안 통해서 그런지 하루 종일 심심했다.

다음 날 아침 일찍 일어나서 길을 떠났다. 가진 것도 없이 훌훌 털고 나섰다. 숲을 지나자 사람이 사는 집이 보이기도 하였고, 굴뚝에서 연기도 보였다. 처음 보는 광경이라 신기하고 궁금해졌다. 조심스럽게 닿아가니 불이 타는 냄새가 났다.

그때 '소쩍 소오쩍' 소리가 들렸다. 고개를 들고 주위를 둘러보았다. 그러나 커다란 바위와 나무 외에 보이는 동물이 없었다. 무서운 느낌이 들자 바짝 낮추고 큰 나무 그늘에 숨었다. 또다시 '소쩍 쏘오쩍' 소리가 들렸다. 놀라서 뒤도 돌아보지 않고 줄행랑쳤다. 다급한 마음에 걸어온 길을 찾지 못했다. 여기저기 헤매다가 겨우 이슬이 맺힌 풀을 보고 길을 찾아냈다.

"어디 갔다 왔니?"

"응~ 저기, 사람 사는 곳까지…"

"거봐! 내가 멀리 가면 길 잃는다고 했잖아?"

"돌아왔으니 길을 잃지 않았다는 거 아니냐?"

"그런가?"

"그렇지!"

"그런데 무슨 일이 있었냐?"

"응~ 무서운 소리를 들었어!"

"뭐라고? 잘 말해봐."

"응! 소쩍이라고도 하고 솟쩍이라고도 하고…"

"아항~ 그것은 소쩍새가 웃는 거야!"

"새가 웃어?"

"그렇다니까!"

"그럼 솟쩍새를 알고 있다는 뜻이네?"

"그럼, 그렇고 말고~ 소쩍새는 아침에 웃고 저녁에 울고 그런다."

"솟쩍새가 울고 웃기도 하는 특이한 새네?"

이 말을 듣자 무슨 뜻인지 알아듣지 못해서 무척 궁금해졌다.

저녁이 되자 아무도 모르게, 아침에 갔던 길을 찾아 나섰다. '나는 키도 작고 덩치도 작아서 가볍게 돌아다니는 축지법을 써먹는다' 하면서 한달음으로 헤집고 나갔다.

가는 도중에 '솟쩍 소울쩍' 하는 소리가 들렸다. 아침에 친구 나무가 알려준 소쩍새라고 생각되자 반가운 느낌이 와닿았다. 조심조심 소리가 나는 쪽으로 가보아도 솟쩍새는 보이지 않았다. 다시 '솟쩍 소울쩍' 소리가 들리자 재빨리 소리 나는 쪽으로 고개를 돌렸다.

비로소 바위틈에 있는 물체가 보였다. 눈은 올빼미처럼 둥글고 털빛은 사나운 매와 같은 모습이었다. 부리와 발톱이 날카로웠고, 갈색에 회색이 섞여 있었다. 섬칫한 느낌이 엄습해왔지만 그래도 참고 태연스럽게 물었다.

"네가 솟쩍이냐?"

"아니! 나는 솟쩍새다."

"솟쩍이나 솟쩍새나…"

"당연히 나도 새다! 알아주기나 해라!"

"그런데 너는 아침에 우는 것과 저녁에 우는 소리가 왜 다르냐?"

"웃을 때와 울 때의 감정이 달라서 그런 거다."

"우는 감정이 다르나니!"

"우는 것과 웃는 것이 다르다니까!"

"으응~ 너는 아침은 웃고 저녁은 운다고 들었는데 맞나?"

"아냐, 분위기에 감정을 실어 보내는 것이다."

"나를 두고 목석이라 모르는데, 분위를 아는 네가 설명해줄래?"

"뭐를?"

"아침과 저녁의 다른 분위기!"

"정말 들으려고? 분위기를 아는 사연이 있어서…"

"깊은 사연이 있었구나!"

"응. 이 바위 아래 민가가 보이지? 그 마을에도 몇 사람이 살았다."

산속이라 형편이 궁색해져 많은 사람이 모여 살지는 못했다. 시어머니 될 가정과 며느리 될 가정도 어렵게 살아와서 서로 이해하며 도와주고 살아왔다.

이들을 보아온 천사가 청년에게 말했다. 이 처녀는 얌전하고 근면 성실하다며 같이 살면 행복해질 것이라고 일렀다. 그러자 청년은 뛸 듯 기뻤다. 깊은 산속에 누가 올 것이며, 형편이 어려운 집에 어느 처녀가 오겠다고 할까 걱정하는 참에 굴러온 호박을 덥석 물었다.

청년은 천사의 손을 쥐고 부탁하였다. 일 잘하고 시부모님을 잘 모시고 살았으면 좋겠다고 말했더니, 처녀도 그러마 하고 받아들였다. 처녀가 귀하다는 것과 청년이 귀하다는 것은 같은 분위기이다.

처자가 시어머니댁으로 오자마자 구박을 받았다. 시어머니는 은근히 며느리를 미워하였지만, 대놓고 욕하든가 싫은 말을 함부로 대하지도 않았다. 말투는 부드러웠고 큰소리를 내지도 않았는데, 겉과 속이 다른 구박은 얼굴을 보기만 해도 미쳐버릴 정도였다.

밥을 할 때는 물을 얼마나 부으라든지, 쌀은 없으니 보리와 밀가루를 사용하는 법, 밥 먹을 때는 부엌에서 먹는 규정, 시부모님과 마주치면 다소곳이 고개를 숙이고 비켜서는 예절, 일하러 나가시면 오고 가는 순간까지 인사하는 법, 저녁에 자리끼를 올리는데 오른쪽에는 뭐가 좋고 왼쪽에는 뭐가 좋다는 주문, 이불을 펴 드리는 법 등 일거수일투족을 지적하며 요구하였다.

그래도 참을 것은 참고 살아가는 것이 일반적인 가정인데, 숨이 턱턱 막혀서 숨을 쉴 수도 없었다. 점차 변했다.

며느리가 가장 슬픈 것은 밥하는 양이 문제로 불거졌다. 꺼내 놓으면 시어머니는 한 움큼 덜어 다시 뒤주에 반납했다. 양식을 아끼는 시어머니의 마음을 따라 밥을 했다. 뜸이 들면 고루 펴서 뜨거운 김을 날려버린 후 퍼담았다. 시아버지 밥, 시어머니 밥, 지아비 밥, 그렇게 퍼내고 나면 며느리 몫이 없다. 일하러 나갈 사람에게는 먹을 만큼, 어른이라면 드릴 만큼을 떠내니, 남을 양이 없게 된다. 며느리는 또 굶는 신세로 남고 만다.

너무 배가 고파서 극단적인 판단을 내리게 되었다. 감히 시어머니께 대들었다는 말이다. 며느리도 큰소리로 화를 내는 것도 아니고, 쌍말을 품어내는 것도 아니다. 조근조근 그리고 부드럽게 말씀드렸다.

"어머님! 제가 먹을 밥이 없어서 배가 고파졌어요. 저도 먹을 만큼 준비했는데 제 몫을 왜 어머니가 감췄습니까?"

하였더니 시어머니의 대답은 걸작이었다.

"이제 알았니? 솥이 작아서 밥을 많이 할 수 없다는 뜻이다."

"솥이 작다니요? 여기 큰 솥이 있잖아요!"

"응~ 그것은 원래 잔칫날 밥하는 솥이다. 그런데 네가 들어온 뒤로 잔치는 없잖아? 그 솥을 아껴야지 밥하면 안 돼."

시어머니는 한 마디로 일축하였다. 시아버지와 남편은 며느리도 밥을 먹고 힘내야 많은 수확을 걷을 수 있다며 거들었다. 그러나 시어머니는 자기 방식대로 조종하며 타박하였다.

며느리는 더 이상 말을 섞고 싶지 않았다. 이 사실을 지켜본 숲의 새도 근심이 되자 조금씩 야위어갔다. 정의의 새가 얄미운 시어머니를 쪼아버리려고 쏜살같이 내려왔다. 그러자 며느

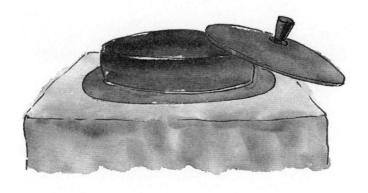

리는 자기를 쪼아내는 것으로 여겨 새를 쫓아냈다. 시어머니 응징하기를 며칠 반복하였으나, 결국 새가 포기하고 말았다.

처녀와 총각을 소개한 천사도 마음이 아파졌다. 며느리에게 다가서 물어보았다. 밥을 지을 때는 기쁜 마음으로 정성을 담았지만, 밥을 풀 때는 슬펐고 애처로웠다고 말했다. 보는 사람이 없을 때는 시어머니한테 심한 모욕은 물론 두들겨 맞기도 했다고 하소연을 했다. 천사는 처녀를 보듬어 앉고 같이 울었다.

천사가 묘책을 내어 일러주었다. 그대로 시어머니 밥상에 젓가락이 짝이 맞지 않도록 냈다. 새로 들어온 며느리가 바로 달라진 젓가락 짝이라는 것을 알도록 암시를 보낸 것이다.

그래도 달라진 것이 없었다. 다른 방안을 제시해주었다. 잘 때 며느리 버선을 시어머니 머리맡에 놓고 자라고 일러주었다. 아침, 버선을 신을 때 왜 갑자기 작아졌느냐고 느끼면 바로 잘못을 뉘우칠 것으로 믿었다. 그러나 시어머니는 이번에도 반성하지 못했다.

천사는 시어머니를 쫓아내거나 죽여 버리라고 말하지는 않았다. 소개시켜 맺은 인연을 떼어내거나, 살지 말라는 말도 하지 않았다.

며느리는 맹물로 연명을 했는데 차츰 야위어갔다. 결국 배

채울 목적으로 옆에 있는 철쭉 꽃잎을 따먹었다. 꽃잎으로 연명했지만 시름시름 죽었다. 먹지도 못하고 힘들게 일을 하니 영양실조에 폐결핵을 당해 피를 토했다. 튀는 피가 철쭉 꽃잎에 묻어서 붉어졌고, 며느리의 울분이 전이되었다. 이때부터 사람이 철쭉꽃을 따 먹으면 피해자로 떨어진다.

천사는 착한 며느리가 죽었다는 사실을 동네 사람들에게 전했다. 사람들이 몰려와서 시신을 빼앗아내서 고이 장사지냈으며, 친정어머니와 함께 울어 주면서 위로하였다.

이를 본 새는 솥이 적다고 솥이 크다고 사람을 죽이다니 사람이 산다는 것이 덧없구나 생각되자 처량하게 울었다. 날이 밝아 아침에는 며느리가 처음 처럼 일어났다면 좋겠다며 기대

하는 웃음을 지었다.

이후로 노인들은 풍년과 흉년을 점칠 수 있었다. 소쩍새가 우는 소리를 들으면 흉년이라고 여기며, 소쩍새가 웃는 소리를 들으면 풍년이라고 짐작했다. 처량하게 우는 소리는 먹을 양이 적어서 솥이 비었다며 '솟적 솟적' 소리로 해석했다. 경쾌하게 웃는 소리는 솥 내부가 꽉 차서 솥이 작다며 '소짝 소짝' 소리로 믿었다.

소쩍새가 저녁에 솟적다 솟적다 울어서 무섭다는 사람은 늦게까지 술 먹고 돌아다닌 사람뿐이다. 보릿고개를 넘어가면서도 술에 지쳐 쉬다가 듣는 새소리다.

소쩍새가 새벽에 소짝다 소짝다 웃었다는 사람은 꿈속을 박차고 깨어난 부지런한 일꾼이다. 보릿고개를 넘어 극복해준 냉수 한 사발을 마시면서 듣는 새소리다.

사람과 소쩍새의 말하는 소리가 달라서 알아듣기가 어렵다. 건너에도 다른 마을이 있다. 이 마을과 비슷한 형편으로 살아왔다. 어느 10남매가 부모를 모시고 살았다. 그런데 어머니가 돌아가시자 아직 어린 10남매가 각자 독립하면서 살아가기가 어려웠다.

할 수 없이 의붓어미를 맞아들이게 되었는데, 계모는 아이들을 보살피기 싫어서 멀리하였다. 아버지가 없는 시간이면 아이들을 구박하면서 못살게 들볶았다.

큰딸의 나이가 차서 결혼을 하는데, 다행이나마 넉넉한 집의 청년을 만났다. 동생들이 생각나는 장녀는 주고받는 예물을 모아서 몽땅 계모에게 주었다. 계모는 재물이 탐나서 말을 하는 아이들을 장롱에 가두어 굶겨 죽였다.

계모가 남의 눈에 띄지 못하도록 시신을 불태워 흩날렸다. 그 순간 새가 날아갔다. 어머니를 여의고 계모에게 죽임을 당했으니 얼마나 억울하고 분통하겠는가.

시신의 잿가루가 옆에 있는 진달래에 떨어지자 죽은 영혼이 실렸다. 진달래꽃을 전에 지져 화전을 먹으면 연한 맛이 난다. 그때 슬픈 영혼을 위로하는 마음이라서 그런지 온화하고 부드러워졌다.

날아가는 새도 날렵한 매처럼 생겼는데 큰 제비를 닮았다. 여러 명의 혼이 실렸으니 접동새라고 부르고 두견새라고도 부르게 되었다. 슬픈 이름이다.

그래서 두견새와 소쩍새를 구분하기도 힘이 든다. 같은 처지를 아는 두 새는 친척이다.

소쩍새가 나무에게 말을 걸었다.
"내 말 잘 들었니?"
나무는 조용히 대답하였다.

"응, 잘 들긴 했는데. 나도 슬프다!"

"그게 정상이야. 슬픈 것을 보면 나도 슬프고, 기쁜 것을 보면 나도 기쁜 것이 정상이란다,"

"응! 그렇겠지?"

　키 작은 나무는 소쩍새가 우는 소리나 웃는 소리나 확실한 구분을 못하겠다고 생각했다. 사실 새가 우는 소리 아니 웃는 소리를 확실히 듣고 구분해내는 기술은 필요 없다. 우선 듣고 조용히 음미하면서 그의 넋을 위로하는 것이 정상이라고 생각되었다.

　나무는 빨리 돌아가서 숲의 친구들에게 전달하고 싶었다. 떠나기 전에 나눴던 소쩍새의 우는 소리와 웃는 소리를 물어보며 위로와 배려를 나누었던 사실을 전해주고 싶었다.

밤에 들리는 소리를 자장가 삼아 자면 되고, 아침에 들리는
소리를 기상나팔을 삼아 힘차게 일어나겠다는 다짐도 했다. 이
렇게 일탈하는 것이 삶의 일부이며, 고정관념에 젖으면 발전이
없다고 생각되었다.

　나무는 부지런히 숲으로 돌아간다. 밝은 새벽이 되기 전에
도착하고 싶어서다. 희망의 소리를 들려주어 나무를 깨우고 싶
고, 풍년의 소망을 안겨주고 싶어서 쉬지 않고 걸어간다.
　그러자 소쩍새가 말했다. '애야! 이름이라도 알려주고 가라!'
나무는 무슨 소린지 들렸지만, 소쩍새가 키 작은 나무에게 하
는 말인 줄을 몰랐다. 그래서 그냥 갔다. 씩씩하게 걸어갔다.

지렁이의 꿈

    장마철이 되자 지렁이는 지표면을 뚫고 나왔다. 한 마리, 두 마리, 세 마리… 수를 세지 못할 정도로 많은 지렁이가 올라왔다. 이때를 기다리다가 집게와 양파망을 들고 나서는 사람도 많이 보인다. 아마도 지렁이를 낚시 미끼로 삼아서 붕어를 낚을 것이다. 참붕어는 민물고기 중에서 귀한 어류이지만, 별미로 지렁이를 좋아한다. 이런 사실을 아는 사람들도 그래서 지렁이를 좋아할 것이다.

    그 중에서 커다란 지렁이가 어슬렁 어슬렁 기어가다가 무참히 밟히고 말았다. 너무 커서 징그러웠지만 피하려다가 피하지 못해서 밟힌 것이다. 지렁이가 사람을 피한 것인지 사람이 지렁이를 피한 것인지 분명하지는 않았지만 밟힌 것은 확실하다.

지렁이가 '아야!' 소리를 내며 아픈 감정을 표출하였다. 지렁이가 아프다면서 아무리 큰 소리를 질렀지만, 들어준 사람은 없다. 지렁이가 아프다는 소리를 내지 못한 것인지 사람이 지렁이의 목소리를 듣지 못한 것인지 모르겠다. 결과적으로 지렁이 소리를 들은 사람은 없다.

그러나 지렁이를 밟은 사람은 분명히 알고 있을 것이다. 조금은 아프다거나 대단히 아프다는 것은. 지렁이가 사람에게 밟히면 바로 죽는다. 한번에 몸통이 터지거나 허리가 부러진다. 그러니 최소한 중상 아니면 즉사가 진실이다.

지렁이를 밟은 촉감이 전달해지자 지렁이에게 미안하다며 위로를 하였다. '지렁아! 미안해, 내가 고의로 밟은 것은 아니야' 말했으나, 지렁이도 아무런 말을 못했다. 그냥 아픈 것이 아니라 죽을 정도로 아파서 즉각 몸짓 반응을 하였다. 밟힌 순간

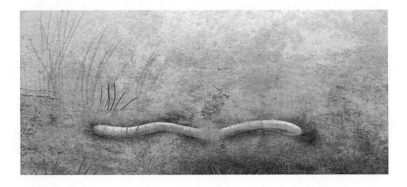

에는 분명 소리를 냈겠지만, 지금은 이리저리 꿈틀거릴 뿐이다. 한참을 지나도 지렁이는 멈추지 않고 몸부림을 쳤다.

같이 본 사람도 '지렁아! 많이 아프겠구나. 내가 해줄 것이 없어서 미안하다, 네가 참아라' 응원을 했다. 말이 통하지 못한 미안함과 위로를 전하다가 이심전심으로 공감이 다가왔다. 사람과 지렁이가 교감되었다니! 정말 놀랄 일이다. 그렇지 않았으면 어찌 지렁이의 아픔을 알아낼 수 있겠는가?

밟은 사람은 생생한 지렁이만 골라 주워 담는다. 이를 지켜본 사람이 '지렁아! 왜 이렇게 많이 나왔니? 너는 이유를 알고 있겠지!' 라며 물어보았다. 밟힌 지렁이는 '그것은 간단해, 지하에서 살다 보니 답답하고 지루하잖아? 축축하고 습기가 너무 많아서 숨을 쉴 수가 없어서 나왔어' 라고 대답하였다.

지켜본 선인이 다시 '나도 조금은 안다. 원래 지렁이는 땅속에 살면서 만족하는 동물이라고 알고 있다. 그런데 왜 나왔느냐고?' 물어보았다. 그러자 죽어가는 지렁이는 '나도 사람들은 그 정도밖에 알지 못한다고 알고 있어. 내 말이 맞지?' 대답하였다. 선인은 다시 '응. 나도 그 정도는 알고 있고, 지렁이 심정을 알 것 같아' 말하자, 지렁이는 '오잉! 의인이네! 나를 짓밟은 사람은 그냥 도망갔는데 끝까지 남아서 장례를 치르는 사람을 의인이라고 해도 될 거야!' 말했다. 지켜본 사람은 '그래? 나는

의인 축에 들지 못하지. 그저 착한 사람이라고 해도 과분하지!'
말하자, 지렁이는 '어찌 되었든 내가 의인이라고 하면 그만이
지 사람들에게 의인이라고 부르라고 한 말도 아닌데…' 응수하
였다.

　선인은 '알았어. 그저 편한 데로 불러라' 대답하면서, 다시 '지
렁아 너희들 속 심정을 들려주렴. 그래야 알고 조금이라도 이
해할 수 있잖아!' 라고 말했다. 지렁이도 사람에게 직접 말하는
기회를 얻었다는 것은 행운이라고 믿었다. 이런 기회에 하고
싶은 말을 뒤집어 보여주고 싶었던 마음을 열었다.

　우리는 땅속에서 살다가 지금 땅 위로 올라온 참이었어. 습
도가 높아져 호흡하기 힘들어서 죽기 전에 편히 숨 좀 쉬고 싶
다고 나온 것이야. 우리는 눈이 퇴화하여 시력이 없어. 그저 빛
의 감각이 있을 뿐이야. 밝은 방향과 어두운 방향 감각만 남아

있다는 말이지. 그러니 얼마나 불쌍한 삶인지 내가 생각해도 처량하다.

듣고 보니 참으로 미련하고 안타까운 동물이라는 생각에 공감하였다. 선인은 '지렁아! 네가 어떻게 시력을 잃었는지 알고 있나? 처음부터 시력이 없다는 것은 눈이 불필요하므로 만들어 놓지 않았을 것이다'라며 물었다.

내가 알기는 우리도 처음에는 눈이 있었고 시력도 좋았대. 원래 꿈은 땅에서 사는 용이 되고 싶어서 무단한 노력을 해왔단다. 땅 위로 나왔는데 하늘에 더 오르고 싶었대. 날개가 없으니 날 수는 없잖아? 그래서 나무를 타고 하늘까지 오르고 싶었어. 그런데 수수를 타고 오르는 호랑이처럼 날카로운 발톱도 없으니 그저 발버둥을 치고 말았지. 용케 꾀를 찾은 지렁이는 담 벽을 오르는 능소를 만났대. 배배 꼬인 능소를 타고 높이 올랐다나 뭐랬다나…

능소를 타고 높이 올라갔으나 힘은 빠지고, 몸을 지탱할 밥 먹을 기회가 없어져서 미끄러졌대. 떨어지면서 이리저리 튕겨 나가기도 하고, 다행인지 불행인지 능소화 꽃잎 속에 떨어졌대.

그러자 선인이 '잠깐! 지금 내가 궁금한 것은 지하에서 왜 지상으로 나왔는지를 알고 싶은 거야' 말하자, 지렁이는 '그랬어? 내가 하고 싶은 말이 많아서 방향을 잃고 말았네' 하고 맞장구를 쳤다. 선인은 '진짜 이유를 말해줘' 하고 건넸고, 지렁이는 '알았어. 조용히 들어봐' 라고 응답하였다.

지렁이는 주로 땅 속에서 놀다가 땅 위를 오가면서 살았어, 그것은 자유롭게 살았다는 뜻이야. 물이 많으면 3미터 정도의 깊은 안식처를 만들어놓고 살아온 능력자야. 그 정도면 겨울에 아무리 춥다 해도 거뜬하게 지낼 만하지. 어떤 녀석은 나무를 2미터 까지 올라가기도 했고.

요즘은 농약이 많아서 피부병이 심해졌고, 물이 귀하다 보니 마음 놓고 마실 수도 없게 되었다. 메마른 토양을 벗어나 마음 놓고 산책을 누리고 싶어서 나온 것이야. 한마디로 기후가 변하고 땅이 변해져 살기 힘든 세상이 온다고 생각되었다. 그래서 바꿔보자고 나선 길이라는 말이다.

선인도 어느 정도 수긍하다가 '그랬었구나. 앞에서 말한 능소화 얘기를 어떻게 되는데?' 말했다.

그러지. 꽃잎 속으로 떨어진 지렁이는 죽지 않았어. 여기저기 상처를 입었지만 그래도 견딜만했어. 능소화 속에서 꽃가루를

뒤집어쓰다가 눈에도 들어갔어. 그런데 능소화 꽃가루가 눈에 들어가면 눈이 나빠진다는 말이 있잖아. 지렁이도 그 생각이 나서 실망감에 빠졌대. '나도 영락없이 눈이 멀 것이다'라는 추측에 따라, 의욕도 떨어지고 기운도 빠져나갔다네. 얼마나 슬프고 힘든 날이었겠어!

희망이 없어지자 정말 친구 만나기도 싫어졌고, 지하에서 매일 울다가 눈이 퇴화되고 말았어. 눈이 나빠진 지렁이는 용이 되려고 하늘까지 올라가고 싶었던 지렁이였어. 그러니 능소화에 떨어진 지렁이는 덩치도 크고 힘도 센 지렁이가 분명해. 그런 지렁이는 오래 살았고, 자손들은 능소화에 떨어진 지렁이 천지로 변했다고 들었어. 이것을 지렁이가 눈이 나빠진 이유라고 볼 수 있어.

선인이 긴급 제동을 걸었다. '아니야! 능소화가 눈을 나쁘게 만드는 요인은 아니다'라고 말했다. 지렁이도 능소화가 눈을 나쁘게 만든 죄가 괘씸하기는 했지만, 눈이 멀었다는 이유가 그 한 가지만은 아니라고 믿었다. 그래서 '나도 그렇게 생각해. 능소화를 매도하면 안 돼!'라고 응원을 요청하였다. 선인도 '응! 나도 나쁜 꽃은 없다고 믿어'라며, 틀린 이유를 말해 주었다.

능소화는 명예를 안고 살아왔다. 매력적인 당신이라든지, 기쁨의 삶을 살아가는 사람이라는 점괘로도 통한다. 멋진 의미다. 춘향이가 이도령을 기다리다가 정절을 지켜낸 꽃처럼, 동백처럼 꽃송이가 통째로 툭 떨어져서 아름다운 품위를 간직한 꽃으로도 통한다.

그런데 능소화 꽃가루가 어찌하여 멀쩡한 눈을 멀게 하겠는가? 명예와 기품, 기개를 시샘하여 지어낸 말은 거짓말이다. 능소화를 독차지하려고 누구도 손대지 말라는 방어 전략으로 출발하였다. 그래서 능소화를 품다가 상사병에 걸린 연인들이 퍼트린 연막술이다. 내 말이 믿기지?

이 말을 들은 지렁이는 어느 정도 안심이 되었다. 그러나 이미 눈이 먼 지렁이가 후손을 퍼뜨린 뒤라서 이것을 번복할 수는 없다. 힘센 지렁이가 살 의지가 없어지자 운동할 관심도 없어졌고, 그냥 먹고 살다 보니 당뇨가 심해져서 눈이 나빠진 것은 분명하다. 가리지 않고 닥치는 대로 먹다 보니 몸이 망가지고 말았다는 추측이 실현으로 돌아왔다.

주어진 환경을 반대하더라도 지렁이 마음대로 바꿀 수는 없다. 담배 원료인 담뱃잎을 많이 심어서 땅심이 변했고, 화학 비료를 많이 쓰다 보니 오염이 될 수밖에 없는 말과 같은 이치이다.

그러나 선인은 지렁이가 능소화에 따지러 나온 것이 아니라 다른 이유가 있다는 짐작이 들었다. 그래서 다시 물었다. '알았어! 진짜 이유는 따로 있겠지?' 선인의 말을 들은 지렁이는 한참 뜸을 들이다가 '응! 이제 우리 지렁이도 권리를 주라고 하소연하고 싶었어' 라고 말했다. 지렁이도 '지렁권'을 달라는 주장인 것인가 보다.

사실, 요즘에는 개 권리나 고양이 권리 즉 견권과 묘권도 있다던데 지렁이도 살만한 권리가 필요한 것처럼 느낀다. 지렁이 권리? 지렁권? 선인은 지렁이의 요구 사항이 뭔지 구체적으로 듣고 싶어졌다. '그럼 네가 원하는 권리, 즉 요청하는 주제는 무엇이냐?' 말했다.

우리 지렁이들은 사람에게 짓밟히는 것을 바라지 않아. 비켜가면 될 것인데, 무조건 밟아놓고 가면 우리는 어떻게 살라는 말인가? 연약한 우리는 밟히면 바로 죽는다. 죽음은 육체가 죽은 것이고, 육체가 죽으면 영혼은 떠난다. 그러면 꿈도 희망도 없어지며, 미래도 없어지고 말지.

내가 처음으로 하는 말이 아니야, 사람들이 항상 주장하는 철학을 잠시 빌릴 뿐이다. 그런데 왜 지렁이를 짓밟는지 그것이 의문이야. 개구리를 보고 장난으로 돌멩이를 던지면 바로 죽는다는 말이 있잖아! 그래서 지렁이에게도 비유하면 되지. 제발 우리도 자유롭게 살 수 있도록 놓아줘. 우리도 각자 도생하도록.

선인은 한참 생각해보니 새삼 지렁에게 정말 미안한 마음이 들었다. 꿈을 빼앗겨 희망과 미래를 상상조차 하지 못하는 처지로 된 것이 슬프다. 사람의 도리를 다 하지 못한 것이라고 여겼다. '그럼 네가 원하는 꿈은 무엇이란 말인가?' 다시 물었다.

내 희망? 아니 내 꿈은 용이 되는 것이야. 원래 지렁은 땅에서 사는 작은 용인데, 하늘에 오르면 큰 용이 된다는 희망을 품고 살아온 동물이었어. 태생 자체가 땅에서 사는 용 즉 토룡이잖아.

나 혼자만의 꿈이 아니라 대대손손 이어온 원대한 꿈이었어. 자손 중에서 하늘에 오르는 토용은 3.3m 정도로 큰 족속이 있어. 비록 작더라도 나도 하늘에 오르고 싶어. 등용문을 통과하면 반드시 용이 된다는 희망을 품고 살아왔어. 꿈이 없이 단순하게 살면 몸도 쇠약해져. 꿈이 작은 지렁은 1년 이내에 죽고 말지.

비가 오고 바람이 불면 작은 물고기가 함께 떨어지기도 한다고 들었어. 그것은 기적일 뿐이야. 기적을 타고 내리는 물고기도 떨어짐과 동시에 죽는다. 그래서 지렁은 등용문을 통과한 용이 되는 것이 기적을 능가하는 희망이요 대망이야. 토룡이 등용문을 두드리지 않으면 절대로 용은 될 수 없다.

마음 놓고 마실 수 있는 환경, 마음 놓고 먹을 수 있는 환경, 아름다운 나라, 담배와 마약이 없는 나라, 플라스틱과 비닐의 오염이 없는 나라, 방사능 오염수가 없는 나라, 모두가 원하는 대한민국에서 살고 싶어서 나온 것 뿐이야. 간단하지? 내가 보고 확인해야 안심하고 살 수 있잖아. 그래서 내가 보러 나온 순간이었어! 내가 도전할만한 세상인지, 실패하더라도 살만한 나라인지 확인해보고 싶어서 나왔어.

선인은 지렁이에게 도와줄 재능도 없고, 도움 줄 치료제나

전문 기술도 없어서 안타깝고 미안하기만 했다. 지렁이의 꿈을 짓밟았다는 것이, 후손의 미래도 보장해 줄 방법도 없다는 것이 원망스러웠다. 오히려 지렁이가 제공하는 토양 회복제를 사람들이 거저 얻는다는 점에 미안하기만 하다. 대신 살아줄 수도 없고, 보상해줄 수도 없으니 할 말도 없다.

긴 이야기를 하다 보니 다친 지렁이는 힘이 빠졌다. 힘차게 꿈틀거리다가 지금은 흐느적거린다. 밟힌 때는 번개처럼 용트림을 했다가 이제는 흐물흐물 거린다. 처음에는 빨간 피를 흘렸지만 지금은 녹색 피가 나온다. 따지고 보면 피가 아니라 애간장이 녹아내린 진액이었다.

선인은 버둥대는 지렁을 더 이상 쳐다볼 수 없었다. 그래서 안락사를 시키려고 생각했다. 엎친 데 덮치는 방법은 좋은 방법이 아니다. 지렁이를 주워 물가로 갔다. 몇 번이나 망설였다가 조용히 던졌다. 이를 본 메기가 덥석 물었다. 선인은 불쌍한 지렁이를 보면서 '잘 가라, 지렁이야 잘 가. 다음에는 지렁이로 태어나지 않기를 바란다. 정 안 되면 자이언트웜이 좋겠다' 말했다. 그러나 선인의 눈가가 젖어있었다.

호랑이와 곰의 대결

맑은 하늘에 먹구름이 몰아오더니 '우르르 쾅 꽈당…' 소리가 들리고 비가 쏟아졌다. 신나게 놀던 호랑이는 굴속으로 들어갔다. 자르르 윤기 나는 털이 홀딱 젖었는데, 어슬렁어슬렁 걸었다. 굴 안에 들자 호랑이는 몸을 한바탕 흔들어서 물기를 털어냈다. 남은 물기를 자근자근 핥으며 말리기 시작하였다.

호랑이는 굴 안을 둘러보다가 아무도 없어서 '으이구! 추워~' 연약한 소리를 냈다. 여름비에도 춥다고 하더니만 확실히 춥게 느꼈다. 이때 곰도 굴속으로 들어왔다. 곰은 비를 맞아도 큰 동요가 없었다. 그러나 뜨거운 여름에 비를 맞으면 기온차를 느낄 것이다.

곰도 '으슬으슬 하구 나' 하면서 들어왔다. 곰 도 네 발을 가지고 있는 데 두 발로 걸어왔다.

호랑이는 서서 오는 곰의 덩치가 큰 탓에 주 눅이 들었다. 그러나 호 랑이 체면에 '어? 거 누 구냐?' 거들먹거렸다. 안에 있는 호랑이는 밖에서 들어오는 곰 을 쳐다보면 역광 때문에 곰의 얼굴을 언뜻 알아보지 못했다.

호랑이 말을 들은 곰은 기분이 나빠졌다. 그래서 '어이~ 호 랑아! 나도 몰라?' 역정을 냈다. 호랑이가 다시 물었다. '누구냐 니까?' 들은 곰은 은근히 화가 났다. '그래? 나는 곰이다.' 곰이 성질을 돋우자 호랑이도 맞대응하였다. '그래! 안다 알아!' 큰 소리를 질렀다. 곰은 '그래? 싸우자고? 무슨 시비야?' 시비조로 내뱉었다.

호랑이는 처음보다 한층 부드럽게 말을 했다. '시비하는 것은 아니다.' 곰도 조금 가라앉히고 '쏟아지는 비를 피하자고 온 것 인데 서로 도와야 좋은 것 아니냐?'고 확인에 들어갔다.

호랑이는 자기가 먼저 들어왔으니 나중에 들어온 곰이 들어 오면서 겸손하게 굴어야 된다고 생각했다. 그러나 곰은 벌써 6

개월 전부터 들어와 자리를 잡은 터줏대감이다. 원래 과묵하고 참을성이 있는 곰은 그런 티도 내지 않았고 투정을 부리지도 않았다. 호랑이는 먼저 자리 잡은 주인 행세를 하고 싶었다.

"곰! 이리 와서 앉아."

"그럴까?"

"자, 한 대 필꺼야?"

"뭐야! 담배 아니야?"

"맞아. 담배 하나 줄까?"

"아니, 나는 안 피워!"

"그럼 나 한 대…"

"…"

호랑이와 곰은 한동안 대화가 없이, 계속 쏟아지는 비만 쳐다 보았다. 곰은 호랑이가 뭐 좋다고 담배를 배웠는지 궁금했다.

"호랑아! 담배는 언제부터
피웠니?"

"응? 담배? 나는 몰라!"

"몰라? 네가 피운 것을 모른
다니 말이 되나?"

"응~ 내 기억력이 나빠져서
그래. 언제부터 피웠는지 도대
체 기억이 안 나더라.…"

"진짜네! 기억력 감퇴제라고
하드만."

"그런가? 나도 이제 알겠어!"

"나는 쑥을 좋아해. 내가 줄테니 말린 쑥을 한 번 태워봐."

"그럼 그것도 담배냐?"

"담배는 아니야. 냄새가 정말 좋다!"

"그것은 모깃불 아닌가?"

"맞다! 쑥향이 몸에 좋고 기억력도 좋아지고…"

"만병통치네?"

"우리는 2m를 넘기도 하고, 1000kg을 넘는 친구도 있어."

"우와~! 호랑이도 3m가 되고 300kg도 된다."

"그렇게 날씬한 것은 꼬리까지 포함했겠지!"

"어떻게 알았어?"

"봐봐, 사람처럼 5개 달린 발가락."

"사람처럼? 우리는 4개인데…"

"그렇다니까! 똑바로 서서 다니기도 하고."

"정말 사람하고 비슷하네."

"게다가 70년까지도 살고, 곡식과 꿀까지 잘 먹어. 필요한 만큼의 고기도 먹고."

"장수네, 장수! 우리는 10년에 만족해. 네가 먹는 것을 비교해보니 장수 식품을 알 것 같다."

"빙고! 정답이 나왔구만…"

"우리는 사냥을 못하면 항상 배가 출출해져. 이제라도 식생을 바꿔볼까?"

애기하는 동안에 비가 그쳤다. 굴 밖으로 나왔으나 해가 기울어가고 있었다. 곰은 기지개를 치면서 하늘을 쳐다보았다. 큰 하품을 하다 말고 호랑이를 불렀다.

"야야~ 호랑아! 저기 봐라."

"어디?"

"저기 저기~ 저기가 바로 내 자리야."

"뭐라고? 하늘에 곰자리를 깔았다고?"

"그렇다니까! 저 별은 큰곰자리, 저 별은 작은곰자리."

"이야~ 희한하네."

"근데, 왜 너희 별은 없냐?"

"나도 몰라!"

"있어도 몰라? 없어서 몰라?"

"응! 아마 기억력이 없어서 모를 거야."

"어디 보자!~ 에? 내가 봐도 없네…"

호랑이는 맹수의 체면이 구기자, 오늘은 된통 두들겨 맞은 격이 되었다. 덩치 큰 곰은 차분하게 그리고 지긋이 생각을 해왔다. 그래서 호랑이와 싸우면 대부분 철수하고 말았지만 항상 져온 것은 아니다. 대화를 다른 곳으로 돌렸다.

"오늘 참 변화무쌍한 하루였구나…"

"야, 곰아! 더운 한낮에 웬 비가 내렸냐?"

"이런. 물어볼 것을 물어야지, 웬 뚱딴지야?"

"히히. 네가 아는 것이 많아서 그렇다."

"알아도 어느 정도지. 궁금하면 직접 물어봐!"

"누구한테?"

"산신령한테…"

"에이~ 네가 아는 대로 말해봐."

"내가 모르고 말해도 믿을 거야?"

"거짓말인지 정말인지도 모르고 그렇다니까!"

곰은 위상이 올라 기분이 좋아져서 자세한 설명을 하고 싶어졌다.

이 비는 폭우다. 자연에 대항하여 살 수 있겠나? 소나기는 피하는 것이 상책이라는 말이 있다. 이 비가 끝나면 머지않아 하늘이 열릴 것이다. 작년에 재작년에도 보았는데 때와 장소를 가려 내리더라.

맑은 가을에 한복판이 열리면 만곡이 풍성할 것이다. 하늘도 그날을 맞아 개천 행사를 하겠지. 그때 우리는 굿이나 보고 떡을 먹으면 된다. 물론 거저먹는 것이라도 초청장을 받아야만 먹는다. 무위도식하는 불한당은 절대로 구경도 못한다.

그래서 내가 할 일을 찾다 보니 가는 길을 청소하기, 모기를 쫓아내기, 나누어 먹는 배려하기, 쫄쫄 굶더라도 죽지 않을 정도로 살아보기 등 상대와 공감하는 훈련을 해봤다.

어느 날은 산신령을 만났고, 동행하면서 이런저런 말을 해줬다. 그간 지내온 행실을 보니 내가 듬직하고 믿음성이 강하다면서 힌트도 주었다.

정확하지는 못하나 무리 3천 명을 거느리고 태백산에 오는 주인공이 있을 거라고 알려줬다. 인간을 관장하는 환인으로부터 3개의 권리를 부여받고, 많고 많은 산 중에서 가장 아름다운 땅, 사람이 살만한 땅을 골라 낙점하였다고도 들었다.

그래서 내가 굴속에 들어왔고, 맞을 준비를 하면서 근신하는 중이다. 너 호랑이와 더 이상 싸우고 싶지는 않았다. 3년째인데 언제 끝날지는 모른다.

　　호랑이는 '그랬었구나!' 다소곳 해졌다. 곰은 '재주는 곰이 넘고 돈은 불한당이 가져간다고 들었다' 고 덧붙였다. 이 말을 들은 호랑이는 불한당을 자기와 비유하는 말인지 귀가 가려워졌다. 그래서 뒤가 구려졌고 스스로 어느 정도는 반성하게 되었다.

　　"곰씨! 이제부터 나도 준비해야겠네!"

　　"무엇을 준비? 말씨를?"

　　"우선 자네처럼 의젓한 신사가 되겠네. 남을 무시하지 않기, 숨었다가 뒤에서 급습하지 않기, 잔혹하게 짓밟지 않기, 독불장군처럼 굴지 않기로 노력하겠네."

　　"저런! 그것은 자네가 알아서 해. 내가 이래라저래라 할 수는 없어."

　　"응~ 그래, 내가 나를 다스릴 거야!"

　　"근데, 호랑아. 태백산은 알아?"

　　"알지! 친척 방문으로 몇 번이나 가봤어."

　　"멀어? 나는 한 번도 가본 적이 없어서…"

　　"여기서는 좀 멀어"

"오늘도 수소문하던 중 비가 내리자 철수하고 왔다."

"곰! 내가 안내할까?"

"정말? 그럼 좋지!"

"그 대신 가는 중에 숨기지 말고 조금 더 이야기해줘."

"뭘 숨겼다고?"

"알았어. 숨겼다는 것이 아니라 아직 남겨두지 말라는 뜻이
야!"

"호씨, 그렇게 들으니 사실은~ 사실인데…"

"아침 밝으면 바로 출발하자. 멀어!"

"그럼 일찍 자자. 힘 좀 비축하고…"

곰은 아이들이 소풍 가는 날처럼 잠을 설쳤다. 이리저리 뒤척거리다가 그냥 설레발 치고 말았다. 평소보다 일찍 일어난 곰은 호랑이를 깨워 부추겼다.

환인의 장자 환웅이 무려 3천이나 이끌고 내려오니 좀 넓고 살만한 곳을 찾아낸 곳이 태백산이다. 그런데 고르고 골라낸 지점이 신단수라는 것까지도 알았다. 제사를 지낼 만한 큰 나무도 있어야 하니 그것을 찾으면 된다. 아마도 큰 나무 주위를 보면 그럴만하다고 생각할 수도 있어.

오늘 찾아갈 목표는 신단수 즉 서낭당이다. 그 밑에 평평하고, 들판과 나무 그리고 쉴만한 바위도 어우러져 있을 거야. 기억을 잘 더듬어봐. 곰은 주저리주저리 읊었다.

호랑이는 약속대로 한마디 투정도 하지 않았고 그냥 믿고 따르는 것뿐이다.

그래서 그곳을 신시라고 믿으면 된다. 환인의 명을 받아 비와 구름, 바람까지 거느리고 도착하면 잠시 가둔다. 가끔 필요할 때 조금씩 풀어낼 것이다.

먹고 살 곡식, 살고 죽을 생명, 죽을 듯 말 듯 주무르는 병, 질서와 규율을 어기면 질책하는 형벌, 돕고 권장하는 착함과 악함을 병행하면서 이끌어 나갈 것이다.

그것만으로 어찌 세상을 다스리겠나? 부수되는 360가지나

되는 곳까지 구석구석 관장해야만 보전할 것이다. 어느 한 곳이 무너지면 도미노가 일어나서 엉망진창이 된다는 것을 알고 온다.

환웅이 원래 인간을 널리 이롭게 다스리겠다고 한다. 왜 사람만 위해서 살아가게 하려고 하는지 그것은 궁금하다. 그래서 내가 만나 따지겠다는 의지로 간다. 네가 그랬듯 나도 벌써 여기에서 살아왔잖아! 사람이 우선 홍익인간을 하고 나서 너와 나 같은 동물도 더불어 살도록 해주면 좋겠다는 요청이다. 환웅을 만나면 그때 배신하지 말고 너도 거들어줘야 한다. 명심해라.

그런데 태백산 좌측에 환웅의 공주가 살아갈 지명이 있단다. 그곳이 바로 공주가 살아갈 지역 즉 쉽게 말해 공주로 정했는데 달리 웅천이라고도 한단다. 그 아래에 곰개도 있다고 들었다. 내 친척들 즉 곰이 살고 있다는 말은 들어봤는데, 바빠서 미처 못 가봤다. 또 태백산 남쪽으로 웅천, 웅동, 웅서도 있다고 들었다. 내가 여기저기 가고 싶은 곳이 많아서 그런지 마음은 정말 바쁘다. 그래서 나는 '바쁠수록 천천히' 라는 말을 실천하는 중이다. 호랑이 너는 서에 번쩍 동에 번쩍했다는 말도 많더라. 시간이 되면 그곳에도 안내하기 바란다. 알고 있다시피 혼자 살 세상이 아니니까.

산신령이 예언하기를 환웅이 낳을 후계자로 예정한 아들이 단군이며, 단군은 1500살을 살 것이라고 했다. 그런데 서쪽 어느 나라에서 전하는 전설로는 1908년을 살 것이라고 했다. 정말 요지경 아닌가 한다. 나나 네 생각으로는 짐작도 못하겠지.

호랑이는 요지경이라는 말을 듣자 처음 듣는 단어라서 '요지경은 좋은 뜻이야 나쁜 뜻이야?' 물었다. 그러자 곰은 '당연! 좋은 뜻이지. 꿈속에 나오는 세상이라는 말이고 순진한 아이들이 상상하는 세상이라는 뜻이다.' 긍정적이라고 말했다.

곰도 궁금한 게 있다. 산신령이 말하기를 '호랑이는 머지않아 멸종한다' 했으나 당사자인 호랑이에게 직접 전하지도 못한 내용이다. 싸움을 잘하는 호랑이가 곧 멸종할 것이라니 정말 안타깝기는 하다. 지금은 얼마나 살아남았는지 종류도 모르고 숫자도 모른다고 들었다. 20세기 말에는 10만 마리로 줄어들 것이고, 2020년 쥐 떼가 극성을 부려 3000마리로 줄어든다고도 했다.

호랑이는 독립생활을 해 와서 그런지, 같이 어울리지 못해서 줄어든 감도 있다. 죽으면 가죽을 남긴다는 전설이 있어서 사냥꾼이 선호한 때문인지도 모른다. 생활에 참을성이 부족하고, 사냥도 바쁘고, 먹는 것도 바빠서 그럴 수도 있다. 빨리 빨리를 부르다가 죽는 것도 빠르다는 말이 생겼는지는 모르겠다.

맹수에 들어가는 곰은 사람의 습성과 선호하는 생활도 흡사하며 수명도 비슷하다. 그래서 그런지 곰의 숫자가 호랑이처럼 현격히 줄지는 않을 것이라고 들었다.

곰은 근면하며 배려심이 강하고 착한 동물로 여겨왔다. 곰의 입장에서 보면 호랑이의 용맹한 기상이 불쌍하기도 하고, 앞뒤 사리 분별을 가리지 않는 성격이 안타깝기도 하다. 게다가 곰에 연관된 지명은 많은데 호랑이에 관련된 지명은 없다는 것도 문제다.

호남? 호서? 호중? 호북? 그저 호수의 남쪽이거나 서쪽이라는 말에 지나지 않을 것이다. 호동은 그런 말 자체도 없다. 이것은 호랑이와 전혀 연관이 없다는 뜻이다.

호랑이의 멸종이 빨리 닥치면 그 용맹성의 죽음을 잊지 말자고 기념식을 할 것이라고도 들었다. 전 세계의 용맹성을 흠모하는 전사들이 모여 마스코트를 아들 이라고 말할 것이다. 그곳에 모인 사람들과 모이지 못한 사람들도 모두 즐겁게 흥겨운 축제를 열린단다.

지금까지 누려온 영예를 지웠다가, 1회성 행사에 호랑이를 등장시킨다는 것이 좀 그렇기도 하다.

이런 말도 산신령이 전해주었지만, 벌써 정해진 시나리오에 따라 진행 중이라고 덧붙였다. 산신령은 가히 천리 만리를 내다보는 신이 분명하다.

호랑이는 '어이, 곰형! 다 왔어. 여기!' 안내하는 도중 지루하지 않아서 기뻤다. 곰도 '어? 호형! 벌써 다 왔어?' 대뜸 대화체가 달라졌다. 곰은 호랑이의 말을 듣기는 했지만 속으로는 다른 생각이 있었다.

환인의 아들이 태백산에 내려온다는데 왜 환웅이라는 이름인지 그것이 문제다. 아버지의 성을 따라서 환이라는 성씨를 인정하는데 왜 곰을 끼웠는지 그것이 문제라는 말이다.

곰은 아무리 생각해보아도 모르겠다. 하긴 곰이 사람의 마음을 어찌 알겠는가? 산신령에게 물어보아도 그것에 대한 것은 답하지 않고 '때가 되면 안다'라는 말만 되풀이하였다.

호랑이도 고민하다가 '곰형! 다음 신단수에서 제사를 지낼 때 어떤 선물을 드려야 할지 모르겠네!'하고 물었다. 곰도 생각해보니 아직 준비해둔 적이 없어서 '선물? 나도 준비하지 못했는데…' 대답하였다. 다시 호랑이에게 '그럼 선물로 준비할 것이 가장 손쉬우면서 귀중한 것이라면 좋겠지' 하며 말했다. 호랑이는 가장 손쉬운 것을 생각하다가 '그러~엄, 토끼 고기? 먹기에 부드럽고 몸에 좋은…' 하고 말았다. 곰은 '토끼? 좋지! 그런데 나는 고기 말고 쑥과 마늘을 준비해 봐야겠다' 말하자, 호랑이는 '웬 풀?'을 건넸고,
곰은 '응! 나는 3년 전부터 먹어왔어. 소문이 널리 퍼졌고 먹는 향도 좋더라'고 말했다.

그러면서도 곰의 머리 속에는 태백산에 나타날 환웅으로 꽉 차서 생각이 들어갈 여지가 없다. 만난 적도 없어서 얼굴을 그려내는 방법도 없다. 그래서 생각하다가 지우기를 반복하기만 했다.

사랑받기 위해 태어난 늑대

'늑대가 왔다!'는 말을 들은 마을 어른들이 '빨리 가보자. 늑대가 왔다!'를 외치면서 목장으로 몰려갔다. 사람들이 왁자지껄 외치는 소리는 '여기 우리가 간다! 늑대를 때려잡자!'라고도 들린다. 마치 늑대가 듣고 도망가든지 아니면 사람들에게 맞아 죽든지 선택하라는 경고였나 보다.

그러나 사람들은 늑대를 죽이자고 하는 말은 아니었으며, 그저 늑대가 도망하고 다시 오지 말라는 마음을 전달하고 싶었다. 원래 늑대는 사람들과 친하게 지내지는 않았다. 그렇다고 무조건 죽이는 것이 가장 합리적인 판단이라는 말은 아니었다.

어른들이 양치기 소년의 말을 듣고 목장에 도착해보니 늑대가 보이지 않았다. 목동은 늑대가 지금은 없다고 말했는데, 어른들이 살펴보니 늑대가 왔다 간 흔적을 발견하지 못했다. 그러나 '늑대가 없어서 다행이다' 하면서 내려갔다.

지나가던 늑대는 사람들이 목장에서 우르르 내려가는 것을 보고 '이게 무슨 일인가?'하는 의구심이 들었다. 가끔 오르내리던 산길 초입이었으나 이처럼 많은 사람들이 나타난 것을 본 적이 없어서 겁이 나기도 했다. 바위틈에 숨어 있다가 모든 사람이 내려갔다는 것을 확인하고 나서 움직이기 시작하였다.

그러나 처음부터 목장에 가서 양을 잡아먹을 생각은 없었다.

늑대가 보아온 양의 모습은 양순하며 볼수록 듬직한 자세에 반했다. 원래 늑대가 흉포한 동물도 아니었고, 그저 승냥이가 양을 잡아먹는 것을 보고 바로 늑대가 그랬다고 오해하게 된 것이었다.

물론 승냥이와 어울리다가 정이 든 늑대도 더러 양을 잡아먹는 일이 있기는 하다. 한 번 실수한 것을 두고 절대로 부정하거나 자신을 너무 과신해서도 안 된다는 말이다.

어른들이 왔다 가셨으니 늑대는 한동안 근처를 기웃거리지도 못했다. 착한 양들은 그저 목동의 한 마디를 믿고 따랐다. 양털을 힘들게 깎는 일은 목동의 일이 아니었고, 양을 우리에 몰아놓는 것도 오로지 목동의 몫은 아니었다. 단순히 양이 이탈하지 못하도록 감시하는 소년은 다시 심심해졌다.

　'늑대가 왔다. 늑대가 왔다!' 이번에도 목동은 마을 사람들에게 알렸다. 이번에 늑대가 왔다는 소리를 들은 마을 사람들은 '어? 늑대가 왔다. 늑대가 왔어!' 하면서 부리나케 달려왔다.

　이번에는 조금 더 빨리 와야겠다는 생각이 들어서 달려왔다. 먼저 목동을 만나자 '어디 있냐? 어디 있어?' 하며 물었다. 그래야 늑대가 '아이쿠! 하마터면 내가 맞아 죽을 뻔했구나!' 하면서 다시는 양을 잡아먹으러 오지는 않겠다고 마음먹기를 바라서였다.

　정말 이번에도 늑대가 없었다. 양을 잡아먹으러 왔다가 마을 사람들이 오는 소리를 듣고 재빨리 도망친 것인지도 모른다. 목동도 마을 사람들도 양이 무사한 것을 보고 안심이 되었다. 그러나 경험이 풍부한 마을 어른들은 벌어진 상황을 짐작하면서 돌아갔다.

　목동이 거짓말을 한 것이라고 믿을 수밖에 없다. 아니라면

장난친 것이라고 믿는 것이다. 마을로 내려가면서 아무런 말도 하지 않았다. 목동을 타이르지도 않았고, 거짓말을 하지 말라고 나무라지도 않았다. 그저 믿은 마음대로 각자 일터로 향했다.

양치기는 마을 사람들에게 미안한 생각이 들었다. 심심해서 한번 했던 거짓말이지만. 그것을 믿고 올라온 마을 사람들에게 헛수고를 시켜드린 것이 미안했다. 이제는 절대로 거짓말을 하지 않겠다고 다짐하였다.

이 일을 지켜본 늑대는 바로 굴로 돌아갔다. 그리고 '얘들아! 너희들은 양치는 목장에 가지 마라. 너희들이 잡아먹었다고 소문나면 안 된다'하고 말했다. 그러자 말썽꾸러기 늑대는 '알았어요. 우리가 양을 잡아먹은 적도 없어요'라면서 대답하였다.

엄마 늑대가 잠시 쉬는 사이 말썽꾸러기 늑대는 '히히히, 두 번이나 어른을 속여먹었다고?'하면서 코를 '킁킁' 거렸다.

양이 있는 곳을 냄새로 찾아 말늑은 목장으로 쏜살같이 달려갔다. 몸을 낮추고 슬금슬금 곁눈질을 하면서 만만한 양을 골랐다.

이상한 낌새를 챈 소년은 두 번이나 속여 골탕을 먹였다며 눈을 부릅뜨고 살펴보았다. 그러다 늑대를 빨리 발견한 소년은 늑대가 왔어요! 정말 늑대가 왔어요!'라며 큰소리를 질렀다. 이

소리를 들은 말썽꾸러기 늑대는 '하이고~ 깜짝이야!' 하면서 몸을 솟구쳤다. 더 이상 망설일 시간이 없다는 것을 직감하였다. 어금니 힘이 센 늑대는 작은 양을 덥썩 물고 뛰었다. 말늑은 양의 털이 길면 힘이 센 늑대라도 단숨에 물기가 힘든다는 사실을 차근차근 익혀왔다.

소년이 아무리 큰소리를 쳐 보아도 마을 사람들은 거들떠보지 않았다. 목동은 '어! 정말 늑대가 왔는데, 왜 아무도 안 오시지?' 하면서 조급함이 들었다.

'내가 거짓말을 하지 않겠다고 다짐했건만 아무도 오지 않다니…' 후회해도 슬퍼졌다. 우연히 지나는 한 어른이 이 사실을 직감했다. '애야! 어떻게 되었냐?' 물으면서 다가오셨다. 목동

은 '늑대가 왔어요. 정말 왔다고요!'라면서 울었다.

지나는 어른은 '우지마라. 운다고 해결되는 법은 없어!' 하시며 위로하였다. 그리고 '울기 전에 미리 알아서 준비를 하면 된다. 그냥 놀다가 늑대가 온다면 어떻게 물리칠 거냐?'라며 격려를 하였다.

그 사이에 말썽 많은 늑대는 어린 양을 물고 늑대 굴로 돌아갔다. 엄마 늑대에게 들키면 혼 날까봐, 들어가기 전에 먹을 만큼 먹었다. 그러다 남은 양식을 숨겨놓고 입을 훔치면서 들어갔다.

엄마 늑대는 들어오는 말늑에서 피 냄새가 나자 물었다. '야, 너 어디서 먹었냐? 피비린내가 난다!'라고 말했다. 시치미를 뗀 어린 늑대는 '아니요! 안 먹었어요!'라고 대답하였다. 엄마는 보나 마나 안다고 자신했다. 피비린내가 진동을 하니 거짓말로 속을 수도 없다.

엄마는 '내가 말했잖아! 양이 있는 목장에는 절대로 가지 말라고. 했어? 안 했어?' 라며 다그쳤다. 말늑은 '안 했어요. 안 먹었어요' 만 반복하면서 분위기를 피해 가려다 엉거주춤하였다. 엄마는 말늑에게 '그렇게 거짓말을 해대면 경칠 줄 알아!'라고 말하면서, '밖에서 고기를 물고 달에 고백해!'라고 나무랐다. 말늑은 고기를 물고 달을 보면서 울었다.

'엄마! 잘못했어요. 잘못했어요' 계속하며 울었다. 이 말도 창

피해서 '우어웅~ 어우흥~ 요우웅~ 어흐웅~'하고 울었다. 닭이 밝아지도록 울었으나 엄마는 용서해주지 않았다. 말썽 많은 늑대의 말을 다 알아들었으면서 못 들은 척 그냥 내버려 두었다. 그래서 말늑은 울고 또 울었다.

늑대는 호랑이나 사자처럼 낮은 울림으로 멀리 보내는 기술도 있다. 내 위치가 여기다, 내가 너를 찾고 있다, 빨리 와서 도와달라는 말을 주고받는다. 모여서 동시 공격을 하더라도 대장이 '우어웅~' 울면 옆에서 '어우흥~' 울고, 다른 옆에서 '요우웅~'하고 울면서 소통을 한다. 리더가 개시하면 측방 후방조가 돕는다.

그러면 상대는 공격수가 몇인지 파악할 능력이 없어서 주눅이 들고 만다. 그러다 힘이 지쳐서 죽고 말 것이다. 이것이 늑대의 전략인데, 개는 그렇지 않다. 한꺼번에 내가 여기 있다 하면서 '윙윙' 오합지졸로 울어대니까 상대가 몇 마리인지를 파악하고 이길 전략을 짤 수도 있다는 것이다. 늑대의 놀라운 지혜라고 생각된다.

엄마 늑대는 말늑이 불쌍하였지만 쉽게 용서하지도 않았다. 엄하게 다스리는 늑대의 교육열을 본받을만하다. 양치는 소년과 지나가던 마을 어른은 달 보고 우는 늑대의 교훈을 달게 받았다. 밤에 우렁차게 우는 소리를 들은 사람들은 '역시 늑대가 얄밉다' 라고 말하는 사람도 많다. 밤에 구슬피 우는 소리를 기분 나쁘게 들은 사람들이 늑대는 감정이 있다고 말한다.

그러나 늑대는 잔혹한 동물이 아니라 협동하며 배려하는 의리의 신사가 확실하다. 약육강식의 냉정한 사회에서 살아온 늑대는 어쩔 수 없이 순응해왔다. 해야 할 일과 해서는 안 될 일을 가려 지켜왔다.

날이 밝아지자 울음을 그친 말늑은 나무 아래로 가서 숨었다. 다른 늑대가 볼까봐 두려움이 밀려와서 큰 나무의 고목 구멍에 들어갔다. 어제 숨겼던 양고기를 야금야금 먹었다. 뼈까지 맛있게 먹었다. 누가 오는지 주위를 살펴보면서 먹어치웠다.

엄마는 말썽꾸러기가 굴에 들어올 시간이 넘자, 문제가 있다고 짐작되어 안타까운 심정이 들었다.

개에 가까운 늑대는 습성과 생각하는 지혜마저 닮았다. 늑대가 개로 변하였다든지 개가 늑대로 변했다든지 가릴 것도 없이 사촌지간이다. 이리, 승냥이, 코요테도 그런 정도다. 개와는 덩치도 체형도 비슷하다.

사실 사람의 눈치를 가리지 않고 살아온 야생 개와 늑대 중에서 일부는, 사람 가까이에서 더부살이를 하는 신세로 남아졌다. 먹여 주고 재워 주는 사람에게 꼬리를 치켜들고 아양을 떠는 개와, 꼬리를 내려뜨리고 겸손하게 다니는 늑대가 다른 점이다.

집단생활을 하는 동물은 가족 간의 질서와 사회 질서에도 분명하게 드러난다. 작은 사냥감이면 혼자 접근하다가 잡는 방식인데, 큰 동물을 사냥할 때는 공동 작전이 기본이다. 늑대가 새끼를 기를 때는 가리지 않고 공동 양육으로 돌본다. 그래서 친족이 아닌 이방인은 절대로 허용받지 못하는 공동생활의 기본이다.

양치기 소년은 지난밤 늑대가 계속 울어댄 것을 듣고 소름이 돋았다. 그래서 지나던 어르신을 만나 물어보았다. '어르신! 늑대는 왜 밤새도록 울어댔는지가 궁금합니다' 라고 묻자, 어른은 '그것은 늑대가 잘못했다고 반성한 것이다. 사람도 1일3성 하라고 말했는데, 늑대에게는 밤새도록 빌고 빌으라 해서 운단다' 대답하셨다. '세 번씩이나 빌면 되지 왜 밤새도록 비는지를 모르겠습니다' 묻자, '응~ 그것은

낮에 반성할 기회를 얻지 못해서 늦게라도 반성해야 되는데, 그냥 지나칠까봐 걱정되자 날이 밝도록 반성하라고 했단다' 라며 대답하셨다.

사람의 행동과 그로 인한 잘못을 인정하고 반성하는 태도가 바로 늑대와 비슷하다고 생각된다. 난폭한 이미지를 가진 늑대를 상냥한 발음으로 이리라고 부르기도 한다. 승냥이와 개는 분명히 다른 동물이며, 이리와 늑대는 이명동물 즉 같은 동물이다.

결국 말늑은 엄마 늑대에게서 쫓겨나고 말았다. 일일삼성은 하긴 했지만 그 태도가 불성실하며, 아침에 와서 사죄를 빌어야 하는데 해가 중천에 떴을 깨까지 돌아오지 않아서 쫓겨난 이유였다. 거기다 숨겨놓았던 먹이를 드러내어 놓고 사실을 밝혀야 하는데, 몰래 혼자 먹은 점은 결코 용서하지 못할 죄다. 엄마는 그렇다 치더라도, 지배하는 권력자 아빠 늑대에게 사냥감을 드리지 않은 중대죄로 다스린 것이다.

양치기 소년은 쫓겨난 말썽꾸러기 늑대의 이야기를 듣자 갑자기 슬퍼졌다. 혹시 늑대를 집에 데리고 와서 길러 보면 안 되겠냐고 물어보았다. 그러나 노인은 '개는 오래전부터 길러왔는데, 늑대는 갑자기 사람과 함께 살 수는 없다' 라고 일러주셨다. '개하고 늑대는 비슷하다고 하였는데 왜 안 될까요? 참고 노력하면 되지 않나요?' 물었다. 그러자 어르신은 '응~ 그것은 하루 사이에 정이 들고 말을 알아듣는 것이 아니다. 100년 1000년 정도쯤 교육시키면 해결된다' 말을 해주셨다. 목동이 생각해보니 설명해 줄 수는 없지만 어렴풋이 알 것은 같았다. 야생으로 굳어진 습성이라서 쉽게 변하지 않는다는 말이다.

말을 정리하다가 얼굴이 굳어졌다. '그런데요, 왜 착한 사람이 죽어서 개가 된다고 했어요?' 물었더니 어른은 '그것은 간단해. 사람의 유전과 개의 유전이 닮아서 그런다. 완벽하게 같다는 말이 아니라, 그저 아주 비슷하다는 말이다.' 이 말을 들은 목동은 '그러니까요! 사람이 죽어서 개보다 더 비슷한 늑대로는 안 되는지가 궁금해요!'라고 질문을 하였다. 그러자 어른은 '물론 되지. 개와 늑대는 비슷하니까. 그런데 개는 사람과 함께 살아가는데도 늑대는 같이 살 수가 없는지, 그것은 어렵지' 말하자, 목동은 '뭐가 무슨 문제에요?' 또 물었다. 어른은 '말늑은 집으로 돌아와서도 어른을 공경하지 않았잖아! 그래서 반성하라고 집에서 쫓겨났고' 이 말을 듣자 목동은 '언제 들어오라고 분명히 말했나요?' 꼬치꼬치 물었다. 어른은 '아니, 언제 오라고 말한 적이 없어. 알아서 올 때가 되면 오고, 올 시간이 아직 안 되었다고 생각되면 오지 말라는 말이야!' 말했다.

이 말을 듣자 이러다가는 말늑이 정말 완전히 남남이 되는 생각이 들어서 슬퍼졌다. 그러나 또 물어보니 그런 게 아니라

늦어도 돌아오면 반드시 받아들인다는 말이었다고 하셨다. 사람은 집 나간 자식을 절대로 잊지 않고 돌아올 때를 기다리면서 대문을 닫은 적이 없다는 말이 떠올랐다.

양치는 소년은 '언제까지 기다려야 합니까?' 궁금해서 물어보았다. 어른은 '때가 되면 해결된다. 그런 믿음이 있는 늑대니까 무작정 기다리면 돼.' 말을 들은 목동은 '정말 믿어도 되나요? 말늑이 약속을 지키지 않았다면서요!' 말했다. 그러나 어른은 '아니다. 밖에 나간 늑대가 새로운 무리를 이루고 살다가 옛 가족을 만나면 즉시 그 부모 밑으로 들어간다. 새로 꾸린 가족을 모두 이끌고 부모 늑대에게 복종 맹세를 하면서 말이다. 그래도 반항하는 늑대가 절대로 없다' 라고 강조하셨다. 이것이 늑대만의 충성심이라고 본다. 마치 사람처럼 질서와 규율을 지키면서 부모를 공경하는 자손의 도리에 감탄하지 않을 수 없다.

백인과 흑인 그리고 황색인들의 유전자 차이가 크다. 이 차이보다 늑대와 사람 사이의 유전자 차이가 더 적다는 것에 놀랄 뿐이다.

목동은 자기가 '늑대가 왔다'하고 거짓말을 한 생각이 나서 얼굴이 화끈거렸다. 그것도 연거푸 거짓말을 했다는 것은 허용하지 못할 일이다. 의리의 늑대를 두고 파렴치한 동물로 여기면 나를 두고 뭐라고 생각할까 긴장되었다.

달을 보면서 반성하는 늑대에게 '사람을 해치는 마녀' 라고 낙인을 찍은 것이 미안했다. 늑대의 본심을 알고 도와준 사람들은 늑대를 숭상하며 성황당에서 산제사를 지내기도 했다.

늑대를 돕지는 못하더라도 늑대에게 사람을 도와달라고 부탁해서야 되겠는가? 일편단심, 변하지 않는 늑대에게 머리가

저절로 숙여진다.

사람은 개를 먼저 공격하지는 않았는데, 늑대에게는 먼저 공격하고 쫓아냈다. 늑대가 먼저 사람을 공격하는 예도 없다. 처음부터 그렇게 배운 적이 없는 동물이다. 쫓겨난 말늑은 사람으로부터 쫓겨난 늑대와 같은 신세였다.

다시 생각해보니 엄마에서 쫓겨난 말늑은 돌아왔지만, 사람에서 쫓겨난 늑대는 돌아오지 못한다. 오랜 야생에서 쫓겨난 늑대는 고립된 삶을 살아갈 것이다.

목동은 지난 며칠 동안, 달을 보면서 밤새도록 후회했다. 그때 밤새도록 우는 늑대 소리를 듣지 못했다. 아마도 벌써 뉘우치고 1일3성을 한 것 같다. 그러자 속죄하는 심정으로 나지막이 중얼거렸다.

'늑대도~ 사랑받기 위해 태어난 친구~ 늑대의 삶 속에서~ 그 사랑 받고 있지요~ 늑대도…'

토끼와 거북이

깡총깡총 뛰면서 무엇이든 닥치는 것을 먹는 것이 특기인 작은 동물이 살았다. 앞니가 빠르게 성장하기 때문에 부드러운 풀만 먹으면 안 된다. 코끼리처럼 이빨이 입술을 뚫고 나온 친구도 있다. 그래서 심심하면 바로 나무를 갉아내고, 이빨이 아프면 잠시 쉬면서 뭐라도 오물오물하면서 보냈다.

어느 날 껑충껑충 뛰던 토끼가 좀 이상하게 생긴 동물을 발견하였다. 생전 처음 보는 거북이를 만나자 겁도 났다. 조심조심 다가 보았더니 키도 작고 행동도 느리고 윤나는 털도 없어서 못난이라고 생각했다. 건드렸다고 덤비면 바로 도망가면 되겠다고 생각했다.

토끼가 거북이에게 말을 걸었다. '얘야, 이름이 뭐니?' 이 말을 들은 거북이는 화가 났다. '어이, 고연! 나는 거북님이시다. 나이가 많아 힘이 떨어지자 바다를 떠나 산에 와서 쉬고 싶어서 왔다.' 대꾸하였다. 토끼는 계면쩍어서 '그래~써요? 오늘 처음 만났으니 오늘부터 나이가 같다고 치고, 서로 잘 지내자~요.' 조심스럽게 말했다. 거북이는 '그럴 수는 없지!' 말하다가, 산에 아는 친구가 없음을 깨달아서 '아니 그럴 수도 있겠다'라고 고쳐 말했다. 토끼는 안심이 되자 무슨 말이든 중얼중얼하고 싶었다.

'그럼, 우리 달리기를 해볼까?' 토끼는 달리기가 자신 있었고, 긴긴 시간을 보내자고 제안하였다. 거북이는 토끼를 처음 만났으니 얼마나 빨리 달리는지 알 수도 없다. 유유히 거닐던 바다를 떠나 산에 오니 할 것이 없어서 심심한 참이라 '뭐? 달리기를 하자고? 그럼 해보자!' 흔쾌히 승낙하였다. 경험이 많은 거북이는 결과에 연연하지 않고 부담 없이 즐거운 게임이라고 생각했다.

토끼는 경주용 자동차처럼 폭발적으로 달리기 시작하였다. 한참 뛰다가 뒤를 돌아보니 거북이는 아직도 출발을 하지 못하고 있었다. 거북이와 토끼의 간격은 짧지만 거북이 입장에서는 멀고 먼 거리였다. 상대방인 토끼도 한잠을 자고 갈 정도라고 판단을 했다.

거북이는 준비운동까지 하고 출발하였다. 토끼가 잠을 자는 시간에도 거북이는 부지런히 뛰었다. 땀을 뻘뻘 흘렸지만, 쿨쿨 토끼는 전혀 눈치채지 못했다. 정정당당한 경기 중이어서 일부러 소리를 내지 않고 조용히 지나가는 것이 위반은 아니다. 곤한 잠을 깨우지 않은 착한 배려이다.

토끼가 늘어지게 잠을 잔 후 거북이를 쳐다보니 보이지 않았다. '어디 갔지?' 하며 둘레둘레 찾아보았다. 거북이는 이미 토끼 앞을 지나서 결승점 눈앞이었다. 토끼는 늦었다고 후회가 들었지만 젖먹던 힘까지 끌어모아 달렸다. 그러나 따라잡지 못하자 결국은 거북이가 승리하였다.

토끼는 달리기에 관한 한 자만심이 차고 넘치는 동물인데 왜 한눈을 팔면서 잤을까? 중간에 자고 쉰다며 꾸미다가 시간에 맞춰서 이길 계획을 세웠을까? 그러면 깨울 다른 토끼가 있어야 가능한 일인데, 누가 배반하였을까? 허술한 그 작전을 누가 이행하였을까? 산속에서 벌어진 달리기 시합에 관중이 없어서 다행이었지만 토끼는 창피하고 부끄러워졌다.

다음날, 토끼가 거북이를 찾아와 달리기 시합을 다시 하자고 제안하였다. 거북이는 '그런 달리기를 번복하고 재경기를 할

수 없다'고 대답하였다. 일정이 많고 바빠서 너와 같은 토끼하고 달리기를 하지 않겠다고 거절한 것이다.

밤 말은 누가 듣고 낮말은 누가 들었는지 진실이 밝혀졌다. 어제 경기 사실이 신문에 나자마자 여러모로 바쁘고, 유명인사가 되었다고 으스대던 참이다.

토끼는 달리기에 관한 한 유명인사이므로, 반드시 설욕전을 치르자는 생각으로 삼고초려로 재촉했다. 거북이는 만약 토끼가 껑충껑충 뛰어가다가 다리를 다쳐 병원에 간다면… 이번에도 자신이 이길 수 있다는 기대를 안고 승낙하였다.

두 번째 달리기가 시작되었다. 토끼는 초반부터 성격상 힘껏 내달렸다. 한편, 거북이도 이제 아주 어려운 경기가 될 것이라는 생각이 들자 더 열심히 달려야겠다고 다짐하였다. 토끼는 지난번 시합에 대한 토끼 체면을 세우는 전략으로 단숨에 결승점을 통과하였다.

뒤돌아보니 거북이는 아직 달려나가지도 못하고 앞 팔과 뒷다리를 푸는 준비운동 중이었다. 토끼가 생각하면 자타가 공인하는 느림보, 불쌍한 거북이가 안쓰러워졌다.

거북이에게 다가가 '거북아, 언제 출발할 거야?' 물었고, 거북이는 '응, 이제 바로 출발할 거야!' 대답하였다. 토끼는 '그런데 내가 벌써 1등으로 들어왔잖아? 이제 뛸 필요도 없어' 하면서 위로하였다. 거북이는 '벌써 경기가 끝났다고? 그럼 안 뛰어도 되겠네?' 하면서 헛된 노력을 하지 말자는 마음을 전달하였다.

토끼와 거북이는 둘 사이에 벌어지는 달리기 경기는 하나마나 뻔한 결과로 나올 것임을 안다. 거기에 이변이 있어서 순위가 바뀐다면 그것은 당연히 돌연변이라고 믿는다. 시합에 임하는 작전이 아니라 엉뚱한 희망이 이루어지기를 바라는 것뿐이었다.

두 번째 경기에서 토끼가 이겼으니, 달리기는 원래 토끼가 이긴다는 진실이 드러났다. 1차전에서 거북이가 이긴 것은 자신의 능력으로 이긴 것이 아니라, 경기 중 토끼가 잠을 잔 실수라고 인정하고 있다. 2차전에는 토끼가 어떻게 이겼을까 물어도 정상적인 결과라고 믿어왔다.

알고 있던 거북이는 역전과 역전 경험으로 한 번 더 겨뤄보자며 토끼를 3차전에 초청하였다. 어떻게 달릴 것인지 모르지만 무모한 도전을 한단 말인가? 토끼는 거북이의 달리기 실력을 경험해봤으니 또 시합을 하는 것이 어불성설이라는 것을 알고 있다. 거북이와 빨리 달리기를 경기한다는 것 자체가 창피한 수준이라고 생각했다.

그러나 거북이가 자꾸 졸라대니 토끼도 반대하지 못하고 가볍게 받아들였다.

'시~ 작!' 출발 신호가 울리자마자 토끼는 한걸음으로 달려 나갔다. 거북이는 언제나처럼 지금도 기어가고 있다. 토끼가 돌아와서 거북이를 보고 빨리 뛰라며 놀려댔다. 토끼가 '그러다 언제 달려갈 것이냐?'고 물으면서, 거북이 주변을 빙빙 돌았다. 거북이는 '달리기 시합이니까 빨리 뛰면 되지 않겠느냐?'고 대꾸하였다.

그러자 토끼는 앞서서 성큼성큼 치고 나갔다. 그리고 결승점에 닿으려는 참에 '토끼가 이겼다!'는 승리를 만끽하면서 거북이를 둘러보았다.

아무리 찾아보아도 보이지 않자 걱정되었다. 물속에서는 빠르다는 소문이 났었는데 어느새 바다로 갔는지? 육지인데 어디로 솟았는지? 참으로 이상한 일이라고 생각하면서도, 그래도 우선 결승점을 통과하고 찾아보자는 생각이 들었다. 마지막 발을 내딛는 순간 거북이도 통과하고 있었다.

토끼는 거북이가 궁금해져, 언제 어떻게 그렇게 빨리 왔느냐고 물었더니 '경기에 관한 비밀'이라고 말했다. 토끼는 '그게 무슨 말이야?'라며 다시 물었다. 작전은 비밀이니 귀찮게 묻지 말고, 당사자가 짐작하면 해결하는 정답이라고 생각되었다.

출발할 때, 토끼가 거북이 주위를 돌면서 놀려대던 순간에 힘껏 뛰어올라 토끼 등에 올랐다는 결론으로 지었다.

거북이는 결승점을 통과하는 순간 점프하여 1등으로 통과하려고 노력하였으나, 행동이 느린 탓에 주춤하다가 떨어지고 말았다. 때마침 토끼는 거북이와 부딪쳐 넘어졌다가 일어섰고, 그때 거북이와 토끼의 눈을 마주 쳐다본 상황이었다. 사실, 토끼는 거북이가 무거워서 힘이 떨어져 발이 꼬여 넘어진 기억을 더듬어냈다.

거북이와 토끼의 달리기를 보면 진지하다. 토끼의 설욕전과 거북이의 재 설욕전이라니 흥미롭다. 세계 토픽감을 넘어 토픽 신기록에 남을 것이다.

거북이는 토끼 등에 올라 달리기 시작한 것이니 반칙이라면 반칙이다. 그러나 토끼가 거북이 주변을 빙빙 돌자 어정쩡한 사이에 올라탔으니, 순전히 거북이의 힘으로 훌쩍 올라탄 것도 능력이다. 토끼는 결승점까지 전혀 눈치 채지 못했다고 주장하였으나, 사실은 거북이를 업고 가서 같이 뛰겠다는 숨은 목적으로 보인다.

그러나 거북이에게 업으라고 말한다면 자존심이 망가질 것이고, 반칙이라고 신고하면 무효임이 명확하므로 아무런 말도 하지 않았다. 경기가 끝났어도 거북이에게 고백할 수도 없고, 토끼에게 이실직고할 수도 없다. 그래서 둘 다 끝까지 비밀을 지켰다.

토끼가 3차전에서 왜 선선히 승락하였을까 하는 속뜻을 거북이도 짐작하고 있다. 토끼의 입장에서는 오늘 있었던 일이 책에 기록된다면 얼마나 창피하고 원통할까! 후손이 거북이에게 케이오 당했다는 기록을 본다면 대대손손 당하는 대망신으로 전할 것이다. 거북이는 하등 손해가 없다.

3차전이 끝나자 둘은 상대방을 원망하지 않고 헤어졌다. 하고 싶은 말이야 있겠지만, 하지 않아야 할 말도 있어서 기약 없는 이별을 고했다.

거북이는 산전수전을 겪은 경험자로 용궁에 개선하니 인정을 받은 장군이다. 왕이 심한 병에 걸렸는데, 명약 즉 특효약은 토끼의 간뿐이라는 처방을 받았다.

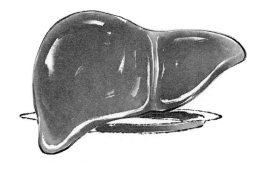

중국의 진시황도 오래 살면서 누리고 싶다며 '불로초를 구하라!' 명령을 내리자, 사신이 우리나라에까지 파견해왔다. 그런데 불로초는 어떤 풀인지 어떻게 생겼는지도 모르고 돌아다녀서 헛수고였다.

그러나 용왕을 위한 처방은 불로초가 아니라 토끼의 간이다. 바다를 관장하는 물귀신도 듣도 보도 못한 동물의 간을 처방으로 내린 것은 어의의 속수무책이었다. 어디 가서 구할 것인지 어떻게 꼬아 올지 어떻게 생포할지에 대한 묘안도 없다.

육지에 갔다 온 것과 보고 들은 경험이 많은 거북이만이 안다. 생각하기도 전에 용왕을 구할 방법은 간단하고 손쉬운 대안이 떠올랐다. 원래 수명이 짧은 토끼는 이미 죽었거나 혹은 곧 죽을 처지이니 거북이가 잘 설명하면 가능하다고 판단도 해보았다.

거북이는 토끼와 달리기 시합을 했을 때 기억을 떠올렸다. 토끼가 넙죽거리며 빙빙 돌던 것이 생생하다. 자신의 무게를 비하면 토끼는 분명히 알고 있다는 것도 깨달았다. 거북이를 업었는데 단걸음에 쉬지 않고 뒤뚱뒤뚱 뛰다가, 일부러 넘어진 것도 짐작하게 되었다. 토끼가 모른다면서 다른 얘기만 하고 딴 투정을 벌인 것이 정말 미안했던 지난 이야기다.

늙은 거북이는 명을 받아 육지에 올랐다. 다른 욕심으로는 옛정을 생각하다가 토끼를 만나고 싶다는 부분도 있다. 토끼를 만나자 아직 살아서 반갑다며 이런저런 이야기를 나누었다. 거북이도 토끼를 속이면서 꼬여내는 기술이 없다. 그저 바다를 구경해보자고 부추겼다. 용궁에 가면 즉시 죽이자는 꾀를 낸 것이 아니라, 죽기 전에 바다 구경 소원을 풀어주자는 선한 우정이 앞섰다.

토끼도 이래죽으나 저래죽으나 마찬가지라는 생각은 했다. 벌써 수명 연한이 차서 지금부터는 덤으로 사는 나이니, 이런 저런 조건을 걸지도 않았다. 토끼는 거북이 등에 올라 생전 처음으로 바다 여행을 떠났다. 황홀한 용궁에서 용왕을 만나다니 희한한 경험이었다.

그런데 용왕의 병을 나으려면 토끼의 간이 특효라는 말을 듣자 아연실색이었다. 간이 아니라 그것도 생간이라니! 기상천외의 청천벽력이었다. 어찌되었든 살아날 구멍을 찾아야만 했다.

날렵한 토끼는 전광석화처럼 재치를 부렸다. 용왕을 구하기 위하여 토끼의 생간이 특효약이라니 그것도 영광이라고 아부를 선수쳤고, 마침 약효를 높이기 위하여 햇볕에 말려 널은 토끼 생간을 빨리 찾아와야 한다고 해명하였다. 용왕은 당당한 토끼의 말을 철석같이 믿고 말았다.

다시 거북이는 토끼를 업고 육지로 나왔다. 토끼는 거북이

덕분에 바다 구경을 잘 했다면서, 용왕을 구하려고 말린 간을 찾아야 하니 조금 기다리라고 말했다. 그 틈에 말려놓은 간을 송골매가 채갔는지 오소리가 먹어갔는지 모르겠다면서 급히 뛰어갔다.

토끼와 거북이 둘 사이에는 얼굴을 붉힐 일도 없이, 서로 속이고 속는 창피한 말도 없이, 공생할 수 있는 명약은 우정이라고 생각했다. 배신과 모략이 아니라. 배려에 대한 보은이 명약이라고 믿었다. 토끼와 거북이는 말하지 않아도 통하는 심정이 있었다. 경기를 통하여 승부보다 약자에 대한 배려를 우선하였고, 베푼 호의에 대한 감사와 사랑이 먼저였다.

먼 바다에서 육지에 오른 거북이와 육지에서 먼 바다까지 간 토끼는 무엇을 믿고 갔을까? 긴 여행에 지쳐 죽을지도 모르고, 풍토병에 풍수병에 죽을지도 모르고, 모함과 모략을 당하면 필경 죽는다는 것을 모르고 갔을까? 말린 간을 찾으러 토끼가 떠나자 거북이는 바다로 돌아섰다. 그때 둘은 모퉁이를 돌아서다가 잠시 상대방을 쳐다보았다. 서로 눈치를 보다가 힐끗 지그시 감았다. 사람의 말을 빌리면 윙크다.

이제 언제 다시 만날지 모르겠지만 영영 못 볼 것을 직감했다.

하염없이 쳐다보았다. 날이 지고 어두워지자 눈물이 흘렀다.

"토끼야 안녕!"

"거북아 안녕!"

토끼가 '거북아 안녕!' 하면서 한마디 덧붙인 것은 '잘 가!' 라는 말이었다. 그러자 물속에서 뭔가 말하고 있는 듯한 거북이의 말은 들리지 않았다. 거북이는 즉시 보고하려고 유유히 돌아갔다.

거북이는 토끼를 태워 오려고 기다렸으나 빨리 돌아오지 않아서 늦었다면 해결된다고 생각했다. 용왕을 살리는 명약을 구하라는 명령은 막무가내다. '내가 산다면 남을 죽이겠다'는 것이 어긋난 도리다. 거북이는 지난번 달리기 시합했을 때를 기억하면서 토끼에게 고마움을 전하며 진지하게 고백하였다.

우정을 버리고 토끼를 죽이겠다는 것이 아니다. 명령을 어기다가 따르지 못한 것이 다른 생명을 구한다는 것이라서 다행이었다. 토끼에게 말하기를 '햇볕에 말린 간을 찾아오라'고 부탁한 다음, 즉시 궁으로 돌아가 용왕에게 고했다.

생간을 햇볕에 말린 토끼를 데려오려면 이미 말린 간이니 약효가 없다고 해명할 참이다. 생간을 내어주었다면, 주기 전에 이미 죽은 토끼이다. 죽은 토끼가 어떻게 걸어올 것인가?

반드시 생간을 찾아오고 싶으면 젊은이를 보내어 전국 방방곡곡을 뒤져서 데려오는 것이 좋겠다고 첨언하였다. 실제로 보낼 젊은이는 토끼가 어떻게 생겼는지도 모르고, 얼마나 사나운지도 모르기 때문에 구해 올 수도 없다. 진나라 시황의 행동을 보고 불로장생의 묘약 불로초가 없었다는 경험이다.

  토끼는 바로 떠나는 거북이를 고마워했고, 거북이는 말린 간을 찾아오겠다며 떠난 토끼를 고마워했다.

독자 한마디

이 책을 읽어보니 눈물이 납니다. 할머니 할아버지도 생각나고, 부모님도 생각나고, 친구들도 생각나면서 고맙고 감사함을 느꼈습니다. 한편으로는 미안하고 안타까운 면도 있습니다.

청개구리가 어머니에게 속썩여 불효자라는 것도, 뻐꾸기가 남의 둥지를 빼앗는 얌체라는 것도, 까마귀가 나타나면 마음이 우울해진다는 것도, 똥이나 먹고 사는 벌레라고 믿은 쇠똥구리 선입견도 버려야겠습니다. 마늘과 쑥을 먹은 미련한 곰, 어두운 땅속에서 자란 지렁이, 양을 해치는 늑대, 두려움을 넘어 공

포에 떨게 하는 소쩍새 등도 이해할 시간이라고 생각했습니다.

거북이와 토끼의 산속 달리기 시합이 바닷속 시합으로 어떻게 연결되었을까요.

이 책은 흥미로 읽을 동화라는 것은 아닙니다. 가르칠 때 고려하겠다고 다짐해봅니다. 어른이 먼저 읽고 학부모가 먼저 읽었으면 아이들에게 도움이 될 것이라고 믿습니다.

나를 돌아보게 만든 이 책에 감사함을 드립니다.

이리북초등학교 교사 김현주

한 호 철

전북 익산출신으로 본명은 한한철, 호는 창암이다.

2004년 수필로 등단하였으며, 첫 수필집 『쉬운 일은 나도 할 줄 안다』
를 비롯하여 『그 사람 이름은 잊었지만』까지 다수가 있다. 민속학으로
『세시풍속 이야기』와 『24절기 이야기』가 있으며, 문화재로써는 『익산의
문화재를 찾아서』, 지역 서적으로 『익산프로젝트』가 있고, 칼럼집 『블루
코드』(공저), 장편소설 『귀향』이 있다.

h-h-cheol@hanmail.net

청개구리의 소원

초 판 인 쇄 ❘ 2023년 6월 29일
초 판 발 행 ❘ 2023년 6월 29일

지 은 이 한호철

책 임 편 집 윤수경

발 행 처 도서출판 지식과교양
등 록 번 호 제2010-19호
주   소 서울시 강북구 우이동108-13 힐파크103호
전   화 (02) 900-4520 (대표) / 편집부 (02) 996-0041
팩   스 (02) 996-0043
전 자 우 편 kncbook@hanmail.net

* 이 책은 (재)익산문화관광재단의 「2023 다이나믹익산아티스트 지원사업」의
지원으로 출판되었습니다.

ISBN   978-89-6764-199-3   03810   **정가** 12,000원